小学館文庫

浅草ばけもの甘味祓い

～兼業陰陽師だけれど、鬼上司と結婚します！～

江本マシメサ

小学館

目次

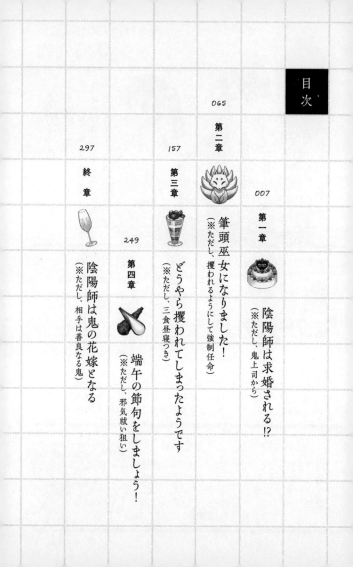

浅草ばけもの甘味祓い

登場人物

永《なが》野《の》遥《はる》香《か》

永野家で唯一癒やしの力を持つ、会社員との兼業陰陽師。千年前に非業の死を遂げた、はせの姫の記憶を持つ。

長《は》谷《せ》川《がわ》正《まさ》臣《おみ》

遥香の上司。千年前に死した月光の君の記憶を持つ。

式神ハムスター

ジョージ・ハンクス七世

遥香と契約している式神ハムスター。武闘派。

マダム・エリザベス

義彦と契約している式神ハムスター。エレガント。

ミスター・トム

織莉子と契約している式神ハムスター。紳士。

ルイ＝フランソワ

今日子と契約している式神ハムスター。家事が得意。

モチオ・ハンクス二十世

浩二と契約している式神ハムスター。駄菓子好き。

平安時代

はせの姫

結核を患っていて、余命幾ばくもなかった長谷川家の姫君。

月光の君

長谷川家への復讐のためにはせの姫に近付いたのに、愛してしまった悲しき大鬼。

Character Profile
Asakusa Bakemono Kanmibarai

会社の人々

桃谷絢太郎
（ももたにあやたろう）

遥香の後輩。鬼退治をして名を馳せた、桃太郎の生まれ変わり。

杉山奈々緒
（すぎやまななお）

遥香の後輩。思ったことを何でも言ってしまう今どきギャル。

山田信也
（やまだしんや）

遥香の先輩。妻子持ち。課のムードメーカー的存在。

木下忠広
（きのしたただひろ）

遥香の上司。穏やかで優しい課長。

永野家の人々

永野浩二
（ながのこうじ）

遥香の父親。厳格な父親になろうとするも、小物臭が漂う。

永野今日子
（ながのきょうこ）

遥香の母親。神社の娘で、元巫女。長いものに巻かれるタイプ。

永野一郎
（ながのいちろう）

遥香の伯父。陰陽師の実力はそこそこだが上に取り入るのが上手い。

永野織莉子
（ながのゆりこ）

遥香の叔母。元芸能人で、遥香を溺愛している。

永野義彦
（ながのよしひこ）

遥香の叔父。アニメ制作会社に勤務していて、遥香のよき理解者。

神様

九尾神
（きゅうびしん）

もともとは邪悪な九尾の狐だった。現在は遥香の料理を愛する神様。

白綿神
（しらわたしん）

もともと怪異だったが、遥香の甘味祓いで付喪神になった。

第一章　陰陽師は求婚される⁉（※ただし、鬼上司から）

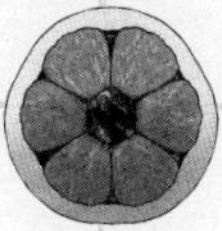

仕事帰り。私、永野遥香《ながのはるか》は、上司である長谷川正臣《はせがわまさおみ》と夕暮れの浅草をふたりで歩く。

道ばたに植えられた桜が、はらはら散る春。花びらは夕焼け空に向かって美しく舞っていく。

そんな光景に気づいて、私は思わず立ち止まってしまった。

「遥香さん、どうかしたの？」

「あ、いえ、今年は特別きれいだな、と思いまして」

これまでは残業で疲労困憊《ひろうこんぱい》しながら、桜を眺めていたような気がする。

疲れた状態でしなければならなかった、陰陽師《おんみょうじ》としての担当区域の見回りは本当に辛《つら》かった。背後霊が取り憑《つ》いているのではないか、と思うくらい体が重かったのだ。

「毎年、残業明けの死んだ目で桜を見ていたんです」

一年前を振り返ってみると、長時間パソコンとにらめっこしていたことによる翳《かす》み目状態で見ていた桜は、少し色あせていたように思う。

今日は残業帰りではない。長谷川係長がやってきてからというもの、ほぼ毎日、定時帰宅しているのだ。

「明るい時間に帰れるなんて、一年前を振り返ると、今は夢のようです」

長谷川係長が赴任してくる前、太田《おおた》元係長がいた時代は、日付が変わるような時間まで頑張っても仕事が終わらない日もあった。

けれども今は、長谷川係長のおかげで労働環境が改善された。

感謝してもし尽くせないだろう。

長谷川係長と出会ってから、早くも一年である。本当にあっという間だった。

過去の自分を振り返ると、会社の事情に振り回され、永野家の内情に振り回され、怪異達《たち》にも振り回され、と心が休まる暇がなかった。

あれから一年が経《た》った現在、私の傍《そば》には長谷川係長がいて、どんなときでも味方でいてくれる。何かあったら守ってくれるし、私を大切にしてくれるのだ。

これまでと違って、私はひとりではない。

それがどれだけ嬉《うれ》しいか。

考えていると、涙が出そうになる。

「こうして、一緒に見回りをしてくれるのも、ありがたいですし」

「ひとりで行かせるのは不安だからね。変な存在に好かれやすい体質みたいだし」

「そ、それは……！」

脳裏に浮かんだのは、後輩の桃谷《ももたに》君だったり、元怪異の九尾神《きゅうびしん》だったり。否定できないのが現実であった。

「それにしても、九尾神の守護の力がしっかり効いているのか、怪異の気配がまったくしないね」

「驚きました」

これまでは、悪さはしないけれど確実にどこかに怪異が潜んでいた。それすら、今はいないのだ。

さすがとしか言いようがない。

ここ最近、浅草の町全体で怪異の数が激減していたのだが、これまでの歴史の中で、そんなことなど一度だってなかった。

そのため夕方に暗躍しているのではないか、という疑いを持ち、仕事帰りのパトロールが急遽《きゅうきょ》決定したわけなのである。

だが、結果はご覧のとおり。怪異は気配すら感じなかった。

どうやら、浅草の町は本当に平和を取り戻しているようだ。

なんて気持ちのいい仕事帰りなのか。開放感に満ち溢《あふ》れる。

「今日は定時で帰れましたし、怪異もいませんでしたし、九尾神のためにごちそうでも作りますか」

「そこまで気合いを入れなくてもいいと思うよ。調子に乗るだろうから」

「まあ、ほどほどにしておきます」

スーパーに寄ろうと思い、長谷川係長には先に帰るように言っておく。

すると、「なんで？」と首を傾《かし》げてきた。

「荷物持ちは必要でしょう？」

「え、いや、一食分買うだけですから、そんなに荷物はないと思うのですが」

「でも、仕事用の鞄《かばん》がある状態で、買い物に行くのは辛くない？」

ズバリと指摘され、ぐうの音も出なくなる。

そうなのだ。通勤用の鞄には化粧道具やら、替えのストッキングやら、非常食用のお菓子やら、いろんな物が入っている。そのため、地味に重たいのだ。

一度だって長谷川係長に預けた覚えはないのだが、なぜか私の鞄の重さを把握しているようだ。

「そっちの鞄も、持ってあげるよ」

「け、結構です!!」

「そんな、キャッチセールスを断るみたいに言わなくてもいいのに」

「自分の物は、自分で運びたい派なんです」

「そうなんだ。覚えておくよ」

にっこりと微笑《ほほえ》みつつ、長谷川係長はなぜか私の手を握る。

「ひえええええ!!」

「それ、恋人が手に触れたときの反応じゃないよね」

「だ、だって――」

ここは勤めている会社がある浅草である。いつ、どこで会社の人とすれ違うかわからない。もしも手を繋《つな》ぐ私達を見られでもしたら、交際していると思われてしまう。

「まさか、会社の人に目撃されるのを警戒しているの？」

「そのまさか、ですよ」

うちの会社は同じ課での恋愛を禁止している。もちろん非公式のものだが、破ったら白い目で見られるだろう。

それに、長谷川係長の出世にも関わってしまう。なんとしてでも、隠し通さなければならない。

「社内恋愛が禁止なんて、時代遅れもいいところだよ。まあ、付き合って別れたら、周囲の人達が気まずくなるので嫌だ、という気持ちはわからなくもないけれど」

「そうなんです」

過去にも、同じフロア内で交際している社員がいた。皆、管理職にバレないよう、こっそり祝福していたのだが、半年くらいで破局してしまったのだ。

その後、双方に気を遣うことになり、疲れてしまったという記憶が甦《よみがえ》る。

結局、付き合っていたうちの男性は退職し、女性は別の課へと異動になった。

関係の破局が原因かは、わからないままである。

「遥香さん、そろそろ会社の人に報告してもいいと思うんだけれど」

「えっ、早くないですか!?」

「早い……？」

まったく理解できない、という表情で見下ろしてくる。

「最近、営業の男がよく遥香さんに話しかけているけれど、あれ、絶対に狙っているんだと思う」

「いやいや、誤解ですよ。営業の方とは、あれくらい話すのは普通です」

「でも、奴《やつ》の目が肉食獣みたいだった」

「営業成績で上位を目標にしている人なので、それくらいのギラギラ感はあるのでは？」

「へえ、その程度にしか思っていなかったんだ」

長谷川係長の目のほうが、よほど肉食獣っぽい。

なんて言える雰囲気ではなかった。

「狙われているって気づいて、逃げたときにはもう遅いんだよ。肉食獣は、どんくさい草食獣を逃しはしない」

「あの、草食獣って、もしかして私のことなのでしょうか？」

長谷川係長は圧のこもった微笑みで頷《うなず》いた。

「遥香さんを狙う男共を牽制《けんせい》する意味でも、交際を周知しておくのは悪い行為ではないと思うんだ」

「う——ん」

結婚の約束をしたわけではないのに、そこまでする必要はあるのか、というのが疑問である。

ただ今ここでそれを言ったら、結婚を申し込んできそうで怖い。結婚について考えてくれるのは嬉しいけれど、交際してから一年にも満たないし、まだ早いのではないか、と思ってしまうのだ。

「ねえ、遥香さん。何かよからぬことを考えてない？」

「いーえ！　なんでもないです！　本当に！」

「とっても怪しいなー」

追い詰められそうになっていたので、慌てて長谷川係長と繋いでいた手を引く。

「正臣君、一緒にスーパーで買い物しましょう！　なんだかたくさん買ってしまいそうな気がするので、荷物持ちをしてください！」

この状況から逃れるためには、一緒にスーパーに行くしかなかったのである。

会社の人と出会いませんように、と祈りながら、長谷川係長と共にスーパーを目指したのだった。

近所のスーパーは夕方なだけあって、お客さんが多いように感じた。

スーツ姿のふたり組、というのは珍しいのか、周りから視線を感じる。というか、長谷川係長が目立っている。

アイドルか、俳優ばりに顔がいいので、どこに行っても人々からの熱い眼差《まなざ》しを受けてしまうのだろう。

一緒にいる私なんて、皆の眼中にない。あったとしても、お付きの人その一《いち》、くらいに思われているのかもしれない。

「遥香さん、今日は何を作るの？」

「そうですねえ。春野菜をメインに使いたいです」

せっかく荷物持ちに任命した長谷川係長がいるのだ。普段であればまとめ買いをためらってしまう、重たい野菜を買い込んでおきたい。

キャベツにタマネギ、ナガイモにトマト、グリーンピースなどなど。

「野菜はネットスーパーでいつでも買えるのですが、こうして自分の目で選ぶのが一番ですね」

「たしかに。好みもあるしね」

「そうなんです」

細かい点を言うと、母は大きなジャガイモを好み、私は小ぶりのジャガイモを好んでいる。

「小さなジャガイモを皮ごと炒《いた》めて、ジャーマンポテトにするとおいしいんですよねえ。皮がパリッとしていて、最高なんです」

「へえ、お酒に合いそうだね」

「今日、作ってみますか？」

「いいね」

ほどよい大きさのジャガイモをふたりで選んでいたら、背後からカシャ、というシャッター音が聞こえてきた。

何事か、と振り返った先にいたのは、桃谷君である。

「あれー？　長谷川係長と永野先輩、ふたりで仲良くジャガイモを物色しているなんて、もしかして、交際でもしているんですかー？」

桃谷君は私達が付き合っているのを把握している社内の人間のひとりだ。この発言は、わざとだろう。

彼は長谷川係長に口で勝てないとわかっているのに、こういうことをしてくるのだ。

「人事部の大原《おおはら》部長に報告しようかなー」

「別にいいよ」

長谷川係長は私の肩を抱き、にっこりと笑みを浮かべた。

「真剣に交際しています、って伝えておいて」

からかいモードだった桃谷君の表情が、一瞬で真顔になる。

「あーあ、長谷川係長って、冗談も通用しないんですねえ」

「冗談でも、していいことと、悪いことがあるんだけれどね」

「はいはい、わかりました」

ふたりの視線の間に、バチッと火花が散ったように見えたのは気のせいではないだろう。

会話はそれで終わらず、長谷川係長は思いがけないことを桃谷君に提案した。

「そうだ。桃谷君も、うちにきて夕食でも食べる？」

「あー、永野先輩の家で、永野先輩とふたりっきりだったらいいですけど」

「今なんて？」

低く、重たい一言に、桃谷君の表情は引きつる。

長谷川係長は彼にいったいどんな表情を向けているのか。私も怖くて覗《のぞ》き込めない。

「どうして遥香さんの家で食べることになっているのかな？」

「そうだったらいいな、っていう願望です」

「許すわけないでしょう」

あくまでも、ご招待は長谷川係長の家で、という話だった。

桃谷君は長谷川係長の家に行くことを躊躇《ためら》っているようだった。その理由について、教えてくれた。

「長谷川係長の家、変な狐《きつね》がいるじゃないですか」

「九尾神？」

「ああ、そうです。あれ、なんか苦手なんですよね」

以前、浅草寺《せんそうじ》で豆まきをしたときに、桃谷君は九尾神を初めて見た。そのさいの第一印象が、よくなかったらしい。

「元怪異だからね」

「いや、元とは言え、よく怪異なんかを祀《まつ》れますよね。気持ち悪いです」

「桃谷君、俺も鬼だよ」

「いや、それは――まあ、そうですね」

長谷川係長の背中から不機嫌な空気をじわじわと感じたので、ジャガイモを素早く買い物かごに入れる。他のお客さんの邪魔にもなりそうだったので、先を急ごうと長谷川係長の背中を押した。

「桃谷君、夕食はバランスよく食べてね！」

「いや、お母さんじゃん」

「違うから！　ただのお節介！」

手早く買い物を済ませ、スーパーをあとにする。

ただ買い物をしただけなのに、なんだか疲れてしまった。

マンションのエレベーターに乗りこむと、ホッと安堵《あんど》する。

「正臣君、やっぱり、会社の人に会ってしまいましたね」

「うん。こうなったら、……するしかないな」

「すみません、聞き取れなかったのですが」

「いいや、なんでもない」

キラキラと輝く微笑みを私に向けつつ、長谷川係長は言葉を返した。

いったい何をしようとしていたのか、怖くて聞けるわけもなかった。

「それよりも遥香さん、なんだかえらそうにしているね」

「え、偉そうでしたか!?」

「うん。きつかったら、スーパーに行かなくてもよかったのに」

「んん？」

なんだか会話がかみ合っていない。

「あの、偉そうというのは、いったいどういう意味なんですか?」

「辛そうにしていたから」

もしや、私が認識する言葉の意味と、長谷川係長が認識している言葉の意味には相違があるのではないか?

「あの、偉そうと言われたら、尊大な様子を示す言葉になってしまうのですが」

「あれ、えらそうって、もしかして方言?」

「尊大以外の意味で使っているのであれば、おそらく方言ですね」

「うわ、知らなかった。えらそうっていうのは、きつそうとか、つらそうとか、そういう意味だったんだ」

長谷川係長は頬を淡く染め、珍しく恥ずかしそうにしていた。

「東京に来てから、自分が当たり前に使っていた言葉が、方言だってことに気づく機会が多いんだよね」

ここ最近も、山田《やまだ》先輩に向かって「ほっといて」と言ったら、その場に置いておけばいいのか、と聞き返されたのだという。

「ほっといては、捨てておいてって意味なんだけれど、山田さんには伝わっていなかったみたいで」

「それ、私も放置すると勘違いします」

「本当に、申し訳なかったな」

　実は私も、そういう経験がある。母が福岡の人で、基本は標準語なのだが、方言が交ざっているときがあったようだ。

「私、鞄などを背負うというのを、からうって言ってしまうのですが、これも方言だと知って、びっくりしたのを覚えています」

「へー、からうは初めて聞いたな」

「ですよね」

　無意識の中で、母の方言が移って日常的に使っているのだ。

　そんな話をしつつ、長谷川係長の部屋を目指す。

　扉の前で一度、長谷川係長が私を振り返って心配してきた。

「話は戻るけれど、遥香さん、大丈夫？」

「正直に申しますと、少し疲れてしまいました。その体力的に、というよりは、精神的に」

　長谷川係長と桃谷君の言い争いはソワソワして落ち着かない気持ちになる。可能であれば、トラブルは避けてほしい、と訴えた。

「なんて言えばいいのか、彼については複雑としか言いようがないんだよね」

　桃谷君は桃太郎の生まれ変わりで、鬼の宿敵でもあるのだ。さらに、私に好意を寄せるような発言をして、こちらの反応を楽しんでいるところもあった。

長谷川係長がよく思わないのも無理はない。

「彼と話していると、俺の中にある鬼の血が、ぐつぐつ煮立つようで、それに引っ張られているような気もする」

「そういうわけだったのですね」

荷物で両手が塞がっている長谷川係長を、ぎゅっと抱きしめる。

「正臣君の傍には私がずっといますから、どうか、穏やかな気持ちで毎日を過ごしてください」

「遥香さん、ありがとう」

返した声が優しかったので、もう大丈夫だ、と思った。

「それにしても、こんなときに限って、両手が使えないなんて」

「早く部屋に入りましょう」

「いや、こちらからもぎゅっとしたいんだけれど」

「それはまたの機会に」

ここで長時間喋《しゃべ》っていたら、不審に思った九尾神が様子を窺《うかが》いに出てくるだろう。

ドアを開けて中へと入った。

「ただいま」

『おお、戻ったか！』

私達を出迎えてくれたのは、ふわふわの子狐、九尾神である。

九本ある尻尾を左右に揺らしながら、帰宅を喜んでくれた。

『おい、長谷川！　テレビが映らなくなった！　見てくれ』

九尾神は長谷川係長のズボンの裾を咥《くわ》え、ぐいぐいリビングのほうへと引っ張っていく。

入れ替わるように迎えたのは、ジョージ・ハンクス七世であった。

『遥香、よく戻ったな』

心なしか、ジョージ・ハンクス七世はぐったりしている。どうかしたのかと聞いたら、テレビでやっていたサッカーに影響された九尾神から、試合をしようと申し込まれたらしい。かれこれ六時間ほど、サッカーに付き合っていたようだ。

『あいつの体力は底なしだ』

「た、大変だったんだね」

ジョージ・ハンクス七世を抱き上げ、癒やしの力を試してみた。

すると、ジョージ・ハンクス七世の体が淡く光る。

『お、おお！　これは、癒やしの力か！』

「そう。どうかな？」

『あっという間に元気になった！』

「そっか。よかった」

永野家の中でも私が唯一持つ癒やしの力は、式神であるジョージ・ハンクス七世にも有効だったようだ。

『おい、遥香！　さっきの能力はいったいなんなのだ！』

「あ、えーっと」

リビングにいたはずの九尾神が、いつの間にか目の前にいたのでギョッとする。

言ってもいいものかと迷っていたら、急に九尾神が額を私のおでこに合わせてきた。

ふわふわの額と触れた部分が、ほんのり温かくなる。

九尾神は私から離れ、ハッと体を震わせた。

『これは、癒やしの力か？』

「いや、それは」

『間違いないな。今、お前が心の中で肯定していたから』

そういえば、と思い出す。九尾神は人の心が読めるのだ。すっかり忘れていた。

「今の何？　前まで考えていることを読むときは、こんな行為をしていなかったよね？」

『先ほどのは、より正確な心の声を把握する方法だ。我は神とは言え、なんでもかんでも心が読めるわけではない。相手が隠そうとすればするほど、わからなくなる。それゆえ、先ほどのように接触することもあるのだ』

「そうだったんだ」

しかしながら、この行為を許してはいけない。私だって、知られたくない情報を持っている。

抗議の視線を向けると、九尾神は慌てた様子で取り繕う。

『お前が隠そうとするから、悪いのだぞ』

「勝手に心の声を聞くほうが悪いよ」

また心の声を読むような行為を働いてくれたら、二度と口を利かない。そう宣言しておく。

『わかった。約束しよう』

「口約束は信用できないんだけれど」

『だったら、お前の心の声を断つ様子を見せようか』

九尾神がぶつぶつと呪文を唱えると、私の心臓部分と九尾神を繋ぐ糸のような物が見えた。

「なっ、これは――」

『我はこれを用いて、人の声なき声を聞いていた』

九尾神は糸に嚙《か》みつき、ぐっと引く。すると、糸は消えてなくなった。

『これで、お前の心の声は二度と聞こえない。これで満足か？』

「うん、ありがとう」

まさかこちらの要望を聞き入れてくれるなんて、思いもしなかった。

これからは私がヘマをしない限り、心の声が漏れることはないだろう。

『それにしても、人の身でありながら、このような奇跡が使えるとは！　さすが、遥香は我が選んだ筆頭巫女《みこ》だ』

「誰が、何だって？」

これまで私達の会話を傍観していた長谷川係長が、九尾神の首根っこを摑《つか》み、至近距離で問いかけていた。

『遥香は我の、筆頭巫女、特別な存在なのだ！』

「初めて聞いたな。いつ、誰が決めたのかな？」

長谷川係長と九尾神は見つめ合い、気まずい空気を振りまく。

『我が遥香に神になるように提案した瞬間、我が決定したのだぞ！』

「へえ、そう」

筆頭巫女については、長谷川係長にだけは隠さないといけない、と思っていたのに、早速バレてしまう。

私のせいで、部屋の中を重苦しい雰囲気にしてしまった。

ジョージ・ハンクス七世が私の肩に飛び乗り、耳元で囁《ささや》いた。

『おい、遥香。あいつらを止めろ。今にもケンカしそうな雰囲気だぞ』

「そ、そうだよね」

神様と鬼のにらみ合いを仲裁するなど、恐ろしいとしか言いようがない。けれども、やるしかないのだ。

ありったけの勇気をかき集め、長谷川係長と九尾神の間に割って入る。

「まあまあ！　ひとまず落ち着いて。夕食を作るので、正臣君はお風呂にゆっくり浸《つ》かって、九尾神はアニメでも観《み》ましょうか！」

私の言葉を聞いたジョージ・ハンクス七世が、お風呂の湯を溜《た》めるボタンを押してくれた。

長谷川係長の手から九尾神を抱き寄せ、リビングのほうへと連れて行ってあげる。

ここぞ、というときに見せようと思っていた、九尾神が大好きなアニメの劇場版を再生した。

『おおお！　こ、これは、観たことがないやつだぞ！』

「ご、ご堪能あれ」

九尾神はこれでよし。長谷川係長は——すでに姿がなかった。お風呂に入りに行ったのだろう。

ひとまずケンカの仲裁はできた、のだろうか？

よくわからなかったものの、危ない状況から脱したのはたしかだろう。

ホッとしていると、私の耳にか細い声が届く。

『……ごめん』

「んん？」

それは祭壇から聞こえてくるものだった。

花柄の茶碗《ちゃわん》に入ったふわふわの綿みたいな神様――白綿神《しらわたしん》の声だったようだ。

「白綿神、どうかしたの？」

『鬼と九尾神のケンカ、止められなくて』

なんでも一生懸命、祭壇のほうから『ケンカはだめ！』と訴えていたらしい。

声が小さいので、届いていなかったのだろう。

『九尾神を、止められるように、がんばるから』

「白綿神、ありがとう」

健気《けなげ》な白綿神の言葉に、涙が出そうになってしまう。

白綿神は付喪神《つくもがみ》になったばかりの元怪異で、まだまだ現世に適応している最中である。無理だけはしないでほしい、と言っておいた。

白綿神とほっこりしている場合ではなかった。夕食作りに取りかかる。本日は、春野菜がテーマだ。

ひと品目はグリーンピースご飯。

まず、袋から取り出したグリーンピースをよく洗い、豆をさやから出す。

次に、鍋で湯を沸かし、塩を振ったグリーンピースの豆を茹《ゆ》でていった。

お米を研ぎ、昆布、塩、酒、グリーンピースのさやだけを散らし炊飯のボタンを押す。

グリーンピースの豆は炊き上がったあとに投入。そうすると、グリーンピースの色が鮮やかなままでいただけるのだ。ちなみにさやを米と一緒に炊くのは、グリーンピースの風味が味わえるから。

久しぶりのグリーンピースご飯なので、仕上がりが楽しみだ。

ふた品目は、タマネギを丸ごと使った、ひき肉あんかけ。

まず、皮を剝《む》いたタマネギに切り目を入れて、レンジでチン。

加熱したタマネギは、だし汁で煮込んでいく。

フライパンで豚ひき肉と生姜《しょうが》を炒め、火が通ったらだし汁の中へ投入。醬油《しょうゆ》、みりん、砂糖、酒などで味を調《ととの》え、水溶き片栗粉《かたくりこ》でとろみをつけたら完成だ。

三品目は厚切りベーコンとジャガイモのジャーマンポテト。

ジャガイモはきれいに洗って、芽があったら取り除き、水分を拭き取る。

レンジで数分加熱してから、ジャガイモを揚げていく。

その間に、厚切りにカットしたベーコンと薄切りにしたタマネギをオリーブ油とニンニクで炒め、コンソメ、塩、胡椒《こしょう》などで味付けした。

揚がったジャガイモを合わせ、パセリを振ったらジャーマンポテトの完成だ。

味噌汁《みそしる》の具はキャベツにした。春キャベツは葉がとてもやわらかいので、おいしいだろう。

料理がいち段落ついたところで、長谷川係長が戻ってくる。

「遥香さん、料理は見ておくから、お風呂をどうぞ」

「ありがとうございます」

九尾神とふたりっきりにしてもいいのか、と思ったものの、アニメに夢中になっているのでそこまで心配はないだろう。

ご飯が炊けたらグリーンピースのさやを取り除き、茹でた豆を交ぜておくようにと伝え、ささっとお風呂に入る。

戻ってきたら、食卓には料理が美しく並べられていた。

「遥香さんの料理、どれもおいしそうだね」

「正臣君が荷物をたくさん持ってくれたおかげで、春野菜尽くしの料理を作ることができました。あと、天才的な盛り付けのセンスも加点が高いです。ありがとうございます」

「いえいえ」

九尾神用の料理も、きちんと祭壇に置いてあった。もうすでに食べ始めている。その様子を、白綿神が優しく見守っているように思えた。

『遥香！　今日の料理も絶品だぞ！』

「よかった。たくさん食べてね」

『もちろんだ』

私は長谷川係長と一緒にいただく。まずはグリーンピースご飯から。茹でたグリーンピースはふっくらツヤツヤで、皮もやわらかくておいしい。春を味わっていると、舌で感じた。

タマネギはとろとろに煮えており、箸で簡単にさける。ショウガの風味が効いたあんと、これまたよく合うのだ。

ジャーマンポテトのジャガイモは、しっかり揚げたので表面はサクサク。中はほっくり。濃い目の味付けが食欲をそそる。

味噌汁のキャベツは本当にやわらかくて、噛むとほんのり甘みを感じる。

春の味覚を、これでもかと味わってしまった。大満足の夕食である。

九尾神はグリーンピースご飯がたいそう気に入ったようで、大盛りで三回もおかわりしていた。

三合も炊いていたご飯は、すっかりなくなってしまう。

『遥香、またグリーンピースご飯を炊いてくれ！』

「近いうちにね」

新鮮なグリーンピースは今の時季にしか売っていない。それ以外のシーズンでは冷凍物で作ることもできるけれど、今日みたいにおいしく仕上がらないのだ。

旬の料理は今だけ楽しめるというのを、九尾神にしっかり伝えておいた。

『むう！　春が過ぎたら、おいしいグリーンピースご飯は食べられないのか！』

「それぞれの季節で、旬の食べ物があるからね」

『わかった。それはそれで、楽しみにしているぞ』

今日はお腹《なか》いっぱいになったので、もう眠るという。祭壇に登り、白綿神の隣で丸くなっている姿を見て、ホッと胸をなで下ろした。

「遥香さん、ちょっといいかな」

「あ、はい」

寝室に招かれ、長谷川係長と話をすることとなった。

長谷川係長が気になるのは、九尾神が口にした筆頭巫女についてだろう。

「遥香さんは、筆頭巫女について知っていたの？」

「九尾神から聞いたのは、今日が初めてです。実は少し前に、マダム・エリザベスから教えてもらいまして」

私は死後、生まれ変わらずに九尾神の傍に侍《はべ》る筆頭巫女となるらしい。

信じがたいことだったが、マダム・エリザベスが嘘《うそ》を言うわけがない。

「どうしてそれを知ってすぐに、打ち明けてくれなかったの？」

「それは――」

この件についてははぐらかさないほうがいいだろう。どうせ嘘をついても、バレてしまうだろうし。

腹を括《くく》って、今日まで黙っていた理由を打ち明けた。

「死後、九尾神の巫女になるって正臣君が知ったら、とてつもなく怒るだろうなって思ったから、です」

先ほどから長谷川係長の憤りをびしばしと感じていた。

「九尾神が遥香さんの意思を無視して勝手に任命したのも気に食わないし、話してくれなかったことも、なんだか悲しかった」

長谷川係長が抱いた感情は、怒りだけではなかった。悲しんでもいたのだ。

心がぎゅっと締めつけられる。

ない。

「ごめんなさい」

どうせ死んだあとの話だから、と問題を後回しにしていた部分もあったのかもしれない。

もしも同じことを長谷川係長にされたら、私だって怒るし悲しいと思うだろう。

「ただ、話さなかったことについては、俺も悪いと思っている。これまで、遥香さんを想《おも》うあまり、自分の感情が制御できず、鬼と化してしまったこともあったから」

そんなこともあった、と遠い日のように思い出してしまった。

出会って一年しか経っていないのに、長谷川係長とずっと一緒にいたような感覚になるのは、前世の記憶のせいなのか。不思議な感覚である。

長谷川係長は私の手を握り、まっすぐ見つめてくる。

「もう二度と、我を失って鬼に支配されない。だから、何かあったら、ぜんぶ俺に話してほしい」

彼は有言実行の男性《ひと》である。こうと決めたら、本当に揺るがないのだろう。

ならば、私は長谷川係長を信用するしかない。

「わかりました。私は正臣君を信じ、なんでも打ち明けます」

どうかこの先、彼を悲しませるような出来事など起きないでほしい。

私はどうなってもいいから……。

◇◇◇

九尾神は最近、幼児園児がひとりでお買い物をする番組にドハマりしているようで、自分も買い物に行きたいと訴え始めた。

あの番組は本当にひとりでしているのではなく、撮影スタッフとスーパーの協力があって初めて成り立っているものだ、と嚙んで含めるように言っても、聞く耳なんぞ持たない。

仕方がないので、私と一緒に行こうと提案すると、すんなり納得してくれた。

ただ、そのままの姿でつれて行くわけにはいかない。人の姿に変化できないか、とお願いしてみたら、九尾神は一回転して変化の術を披露してくれた。

『遥香、この姿であれば問題ないだろうが！』

「こ、これは……！」

九尾神が姿を変えたのは、人気絶頂の子役であった。よくテレビに出ているので、九尾神は顔を覚えてしまったのだろう。

『ふはは、これくらいの変化、朝飯前よ！』

「うん、たしかにすごいけれど、それはちょっと困るかな」

『困る？』

人気子役本人だと思われたら騒ぎになるだろうし、誘拐騒ぎにもなりかねない。

「えーっと、申し訳ないのだけれど、その子で外に出るのは難しいかな？」

『ならば、他の者であればよいのだろうか？』

「う、う——ん」

困り果てているところに、長谷川係長が助言してくれる。

「俺の幼い頃の姿になればいいのでは？」

「あ、なるほど！」

長谷川係長の幼い頃に変化するのであれば、見つかっても問題ないだろう。

ただ、九尾神はその姿を見ないと変化できないと言う。

「じゃあ、母さんに連絡して、写真を送ってもらうから」

メールを送信した五分後に、返信が届いた。長谷川係長の幼児園時代の写真が届いたという。

「み、見せてください!!」

「面白いものではないけれど」

スマホ画面に映し出されていたのは、少しふてくされた表情をした、幼少期の長谷川係長であった。

「うわあ、可愛《かわい》い!!　正臣君にもこんな時代があったのですね」

「まあね」

九尾神は写真を覗き込み、『ふむふむ』と眺めていた。

「変化できそう？」

『任せるとよい！』

九尾神は大きく跳ね上がり、くるりと一回転する。光に包まれ、着地した瞬間には姿を変えていた。

『どうだ!?』

九尾神は見事、長谷川係長の幼少期である美少年に変化した。

「完璧！　写真そのままの姿に変身できてる！」

『そうだろう、そうだろう！』

髪の毛はサラサラで、目はぱっちり。睫《まつげ》も驚くほど長い。

これほどの美少年を見るのは初めてである。

「本当に可愛い」

「遥香さん、あんまりまじまじ見つめないで」

「す、すみません」

こんな美少年、二度とお目にかかることなどないと思って、しっかり見つめてしまった。

『別に、我はいくらでも眺めてよいのだが』

「ほどほどにしておくね」

ひとまず、近くのスーパーに行こう。

出かける前に、長谷川係長が一言物申す。

「もしものときのために、名前とか決めておいたほうがいいかもしれないね」

「ああ、なるほど」

迷子になったさいに呼び出せる、仮の名が必要だろう。

「苗字《みようじ》は長谷川として、下の名前はどうしましょう」

九尾神は偽名に興味がないようで、私達に付けるよう命令する。

「こういうのって、なかなかパッと浮かばないんですよね」

「じゃあ、〝はるおみ〟とかどうかな？」

私と長谷川係長から名前を取って命名したようだ。

「いい名前ですね！」

そんなわけで、長谷川係長の幼少期の姿に変化した九尾神の名は、長谷川はるおみ、となった。

「九尾神、その姿でいるときは、はるおみ君と呼ぶから、きちんと反応してね」

『わかったぞ！』

ちなみに長谷川係長の親戚の子で、家族で東京に遊びに来ている、という設定に決まった。

これだけ決めておけば、大丈夫だろう。

心配だという長谷川係長を伴い、スーパーに出かける。

九尾神は私と大人しく手を繋ぎ、突然走り出すこともなく、おりこうに買い物をしてくれた。

『ははは！　お買い物は楽しいな！』

「そう？　じゃあ、今度お買い物のお手伝いをしてもらおうかな」

『任せろ！』

九尾神は背伸びをして商品を取る様子だったり、お菓子を真剣に選ぶ横顔だったり、愛らしい姿をたくさん見せてくれる。支払いは私がやって、袋詰めは手伝ってもらった。

何をするにも、幼少期の長谷川係長の姿だったからか、可愛すぎるのだ。

すっかりデレデレだった私の様子を横から見ていた長谷川係長が、ぼそりと零《こぼ》す。

「遥香さんって、子どもが好きなの？」

「どうでしょう？　あまり考えたことがありませんでした」

なんでもとろけそうな表情で、九尾神を見つめていたらしい。

「目に入れても痛くない、みたいな感じだったから、子どもが好きなのかと思ってた」

「そんな表情を浮かべていたのですね。無意識でした」

長谷川係長がいなかったら、周囲から不審な人物として見られていたかもしれない。反省しなくてはならないだろう。

「デレデレになっていたのは、たぶん、正臣君の幼少期の姿だからだと思うんです」

「そうなの？」

「ええ。テレビで子役を見るときは、こうはならなかったので」

九尾神のおかげで長谷川係長の可愛い幼少期の姿が堪能できる。

たまにはこういう役得があってもいいだろう。

『遥香、このお菓子を食べてみたいぞ！』

「うんうん、いくらでも買うよ」

そんな私に待ったをかけたのは、長谷川係長であった。

「遥香さん、はるおみをあまり甘やかさないほうがいいよ。調子に乗りまくるから」

「そ、そうだね」

なんでもかんでも買い物かごに入れさせていたが、最後に厳選し、本当に必要な物を買って帰ったのだった。

帰りも手を繋いで、マンションまでの道のりを歩いて行く。

『ふうむ。子どもの姿だと、このように過保護に扱われるのだな』

「そうだね」

『遥香の子として生まれてきた者は、幸せかもしれん』

「九尾神も子どもみたいなものだよ」

『そうだったのか!?』

九尾神が嬉しそうにはにかんでいたので、つられて私も笑ってしまった。

◇◇◇

久しぶりに父方の叔母、織莉子《ゆりこ》がマンションに帰ってくる。

叔母と契約している式神ハムスター、ミスター・トムとも再会を果たす。

ジョージ・ハンクス七世と嬉しそうに、近況を語り合っているようだ。

なぜ、叔母がここにやってきたのかというと、半年後にマンションを売る決意を固めたからしい。

「遥香、突然ごめんねー！」

「いいよ。何年も住ませてもらって、感謝しているくらいだし。それに、おめでたい理由だし」

喜ばしいことに、叔母は妊娠五ヶ月。マンションや部屋に放置していたブランド品などを売って、子どものために貯金するようだ。

このマンションはもともと芸能活動をしていた叔母の仕事道具や贈り物、陰陽師の道具などを保管しておくために買った部屋だった。

妊娠したのを機に芸能活動を引退したようで、これからは子育てしながらのんびり過ごすようだ。

「早くいとこちゃんに会いたいなー」

「私も、早く遥香に見せてあげたいわ」

「織莉子ちゃんの子どもだから、世界一可愛いんだろうね」

「ふふふ」

生まれた子を夫よりも先に見せてあげると言われたが、とんでもないと辞退した。

「遥香は今、長谷川君の家で同棲《どうせい》しているんだよね」

「うん、そうだよ」

完全に私の生活拠点は長谷川係長の家になっているが、それとは別にマンションかアパートを借りる予定だ。

説明すると、叔母にぎょっとされる。

「え、なんで!?　家賃がもったいないじゃない!!」

「でも、私の私物のすべてを、彼の家に運びこむわけにはいかないから」

長谷川係長のオシャレな部屋に、私が家から持ってきた古くさい桐簞笥《きりたんす》なんて、持って行けるわけがない。

他にも、長谷川係長の部屋にふさわしくない家具がいくつかある。

「遥香、例の簞笥、まだ捨てないの？」

「そのつもりだったけれど」

桐簞笥は小学生のとき、骨董市《こっとういち》で購入したものだ。前桐簞笥という前板のみ桐材が使われている品で、一万円とそこまで高価ではなかった。なかなか渋いチョイスだと、母に言われたことを今でも覚えている。

「思い出が詰まった、大事な物なの？」

「いや、単に壊れていないから、捨てられないだけ」

「物を大切にするいい子！」

叔母は私をぎゅっと抱きしめながら、「生まれてくる子どもは、遥香みたいに育ちますように！」と叫んでいた。

丸一日かけて荷物の整理を行い、後日、買い取り業者を迎えるという。

「遥香、本当にありがとう」

「いえいえ。お腹の子どももいるから、無理しないで、なんでも頼ってね」

「うう、遥香、本当になんていい子なの」

一緒に子育てしたい、と言われてしまったが、丁重にお断りした。

◇◇◇

久しぶりに何の予定もない週末を迎える。

長谷川係長と隅田川《すみだがわ》沿いの桜を見に行こう、という話になった。

混雑が予想されるので、九尾神は留守番をしているという。なんでも昨日、ニュースで隅田川からの中継を見て、人込みにうんざりしたようだ。

白綿神が九尾神の面倒を見てくれると言うので、長谷川係長とジョージ・ハンクス七世と一緒に出かける。

バスに乗ること十分ほどで、桜のシーズンは遠巻きでしか見ない隅田川沿いに到着した。

多くの人達が行き交っているのだが、信じられないくらい邪気が薄い。

改めて、九尾神の守護の強さを痛感してしまった。

「正臣君、人込み、大丈夫そうですか？」

「うん、平気。遥香さんは？」

「ぜんぜん気になりません」

毎年、桜シーズンの隅田川沿いは濃い邪気を漂わせていたので、近づかないようにしていたのである。

まさか、長谷川係長と一緒にやってくる日が訪れるなんて、思ってもみなかった。

この辺りに咲く桜は〝隅田川の千本桜〟と呼ばれており、墨田《すみだ》区側に約三百本、対岸に位置する台東《たいとう》区側に約六百本の桜が植えられているのだとか。

隅田川を囲むように咲き誇る桜の花々は、ただただ美しいの一言であった。

まずは言問橋《ことといばし》辺りの遊歩道を歩いて、桜を堪能する。

「うわー、満開ですねー！」

「ここまで見事な満開の桜を見るのは、初めてかも」

「私もです」

鞄の中から桜を眺めていたジョージ・ハンクス七世のもとに、桜の花がひらりと舞い落ちる。それをタイミングよくキャッチし、嬉しそうにはしゃいでいた。

隅田川には水上バスが走り、水面に大きな波紋を作っている。賢い花見の楽しみ方だ、と思ってしまった。

「遥香さん、船に乗りたかった？」

「いえ、お花見は自分のペースで楽しみたいので」

桜の花びらがちらちら舞う様子を間近でのんびり楽しむのは、とても贅沢《ぜいたく》なことだ。自分の足で歩いているからこそ、堪能できるものなのだろう。

ジョージ・ハンクス七世は集めた花びらを胸に抱え、優雅に食べ始めていた。九尾神や白綿神の分も確保しているという。

「それはそうと、すごい人ですね」

「覚悟はしていたけれど、想像以上だね」

人波に呑《の》み込まれそうになるたびに、長谷川係長が体を支えてくれる。

「遥香さん、ごめん。別の場所に移動しようか」

「そのほうがいいかもしれないですね」

ジョージ・ハンクス七世も鞄の中で、大量の桜の花びらを確保した状態で、こくこく頷いていた。

「穴場の桜ポイントがあるんだけれど、そこに行ってみない？」

「行ってみたいです！」

隅田川沿いをてくてく歩いて行った先に、水路を埋めて作ったという公園に行き着いた。

なんでも七百メートルほどの細長い公園らしい。さすが、元水路と言えばいいのか。

「ここにもけっこう桜があるんだよ」

外回りをしていたときに、偶然発見したらしい。

公園内は遊具で遊ぶ子ども達や散歩をする人がちらほらいるばかり。

隅田川沿いはあんなに人がいたのに、ここはのんびりとした雰囲気である。

「ここをまっすぐ歩いていって――ほら、咲いてる」

「あ、本当ですね！」

すっかり花開いた桜があったものの、花見客らしき人はいなかった。

思わず駆け寄って、桜の花を眺める。

「ここも満開ですね」

「そうだね」

しばし美しい桜の花を見上げ、幸せな気持ちに浸る。

強い風が吹いて、桜の花が雨のように舞い降りてくる。両手を差し伸べたら花びらを受け止めることができた。

「正臣君、見てください。こんなに花びらが」

「とてもきれいだね」

長谷川係長は桜でなく、私をまっすぐ見つめながら言葉を返す。

まるで自分に言われているような気がして、照れてしまった。

あまりにも風が吹くので、長谷川係長とふたり、桜の花びらまみれになった。桜の木には葉がちらほら芽吹いていたので、散り際だったのだろう。

すごい、すごいとはしゃぐ私の手を、長谷川係長はふいに握った。

「遥香さん」

「はい?」

長谷川係長に振り向くと、淡く微笑んでいた。

どきん、と胸が高鳴る。

「結婚してください」

桜の木の前に佇《たたず》む長谷川係長があまりにも淡く消えてしまいそうなくらい美しくて、これは夢なのではないか、と思ってしまった。

しかしながら、胸はドキドキと鼓動し、頬に熱を感じている。

そして、握られた手はとても温かかった。

これは夢ではない、現実なのだ。

「喜んでお受けします」

気づいたときには、承諾の返事を口にしていた。

自分で発したのに、驚いてしまう。

私と長谷川係長の間には、いろいろと問題があったはずなのに。

心の奥底から嬉しくなって、自然と頷いていたのだ。

「遥香さん、ありがとう！」

そう言って、長谷川係長は私の体を抱きしめる。

陰陽師と鬼の結婚なんて現実的ではない――なんて思っていたのに、こうして触れ合っていたら大した問題ではないのでは、と考え直してしまうから不思議だ。

長谷川係長は私の左手の薬指に、リングを嵌《は》めてくれた。サイズを教えた覚えなどないのに、びっくりするほどぴったりである。

いつの間に買っていたのか、と驚いたが、リングを見てさらに驚愕《きょうがく》した。

「こ、これは――!?」

「お気に召してくれたかな？」

なんと、信じがたいことに、私の左手の薬指には、花の茎で編んだ指輪が嵌められていた。

「いや、これ、シロツメクサ!?」

「そうだけれど」

まさかの指輪に、驚いてしまった。なかなかクオリティも高く、シロツメクサも形がきれいな物をチョイスしている。

「っていうか、いつシロツメクサを摘んで、指輪を完成させたのですか!?」

シロツメクサを採る動作など、一度も見ていない。もちろん、指輪を作っている彼の様子にも気づいていなかった。

シロツメクサの花の形はきれいに保たれているので、あらかじめ用意していた物ではないだろう。

「今さっき、遥香さんが桜に見とれている間に、シロツメクサを採って、サッと仕上げたんだよ」

「ぜんぜんわかりませんでした!」

そういえば、桜に夢中だった瞬間があったように思う。まさかの隙にシロツメクサの指輪を作っていたなんて。

「指輪を用意するためにジュエリーショップに行ったんだけれど、隣にいたカップルの女性が、婚約指輪をどうにかできないかって訴えていて」

なんでもその指輪は、男性がプロポーズのときに渡すためにひとりで買ったものらしい。だが、その指輪のデザインを女性はお気に召さなかったようだ。

「話を聞いていたら、男性が勝手に婚約指輪を購入して、女性が気に入らず、返品や交換をしてほしいって来店する客は少なくないらしくて」

だから、今日はシロツメクサの指輪にしておいたと言う。

「もしも遥香さんがプロポーズを受けてくれたら、婚約指輪を一緒に買おうって考えていたんだ」

「そういうわけだったのですね」

長谷川係長が選んでくれた唯一無二の婚約指輪ならば、なんでも嬉しいような気がするが。どうせ、このあと結婚指輪も買うわけだし、そちらを女性側が選べばいいだけでは？　なんて思ってしまったが、婚約期間身に着ける物なので、デザインや石の種類など、こだわりたい人もいるのだろう。

私はこのシロツメクサの指輪だけでも、とてつもなく嬉しい。喜びと幸せな気持ちがじわじわとこみ上げてくる。

「この指輪、保管できたらいいんですけれど」

「いやいや、仮の婚約指輪だから」

私も長谷川係長の分を作ろうと思い、しゃがみ込む。ちょうど四つ葉のクローバーも発見したので、一緒に編み込んでみた。

「正臣君の指輪もできました」

嵌めてみようとしたものの、想定していたよりも指が太くて入っていかない。

「あの、よくサイズぴったりに作れましたね」

「手を握るときに、指はどれくらいか意識しているから」

「意識していても、普通はできないものなんですよ」

長谷川係長の意外すぎる特技が明らかになった。会社員をやっている限り、役に立ちそうなスキルではないと思うのだが。

「それよりも、断られなくてよかったよ」

「断られると考えていたのですか？」

長谷川係長はこっくりと頷く。

「だって、会社での交際宣言も渋るくらいだったから」

「それは、暗黙のルールで社内恋愛が禁止だったからですよ。結婚となれば、話は別ですので」

大きな問題としては、長谷川係長のご両親に許してもらえるか、である。

「まずは、長谷川係長のご両親に、結婚の承諾をいただかないといけないですね」

「ああ、それは大丈夫。父は了承しているし、母も遥香さんを気に入っているようだから」

「き、気に入っている!?」

どこが!?　と叫びそうになったが、寸前でごくんと呑み込んだ。

「この前も電話がきて、遥香さんを困らせていないか、とか、炊事洗濯を任せっきりではないのか、とか、くどくど聞いてきたんだ」

結婚についても話したところ、反対するようなことは口にしなかったという。

「でも、以前お会いしたときは、私については認めていないって宣言されていたのですが」

「そんなこと言っていたんだ。まあ、大丈夫だと思う」

自分のことは自分でするように、と噛んで含めるように訴えてから電話を切ったらしい。

「遥香さんについてしか喋っていなかったから、母はとんでもなく気に入っている気がする」

「とても光栄です」

一度、京都に行ったほうがいいのではないか、と提案してみるも、長谷川係長は首を横に振る。

「逆に、うちの両親が東京に足を運んで、直接遥香さんに挨拶したいって言っているから」

「いやいやそんな、東京まで足を運んでくださるなんて、恐れ多いです」

「まあ、普通に観光したいだけかもしれないから、気にしなくてもいいよ」

両親同士の挨拶の場は、また改めてしたいという。ひとまず、私に会いに来てくれるようだ。

「プロポーズはけっこう計画的だったんですね」

「そうだね」

今日、絶対にプロポーズをしようと計画を立てていたらしい。長谷川係長のご両親へもきちんと話して、陰陽師一家の娘と婚姻を結ぶ心構えを持っておくようにと宣言していたのだとか。

「本当に、このままだと遥香さんを誰かにかっ攫《さら》われてしまいそうで、一刻も早く結婚しないと、って考えていたんだ」

何度も指摘した気がするが、誰が私を欲しがるというのだ。疑問でしかないのだが。心配しなくても、ここまで私を大好きでいてくれるのは、長谷川係長しか思い当たらなかった。

「もうすでに、婚姻届を取りに行って、自分の欄は埋めているし」

「は、早っ！」

「婚姻届の受け取りからしたかったら、改めて一緒に区役所に行くけれど」

まさかここまで用意周到だとは想像もしていなかった。

どうしようか。

今はプロポーズされて舞い上がっているので、答えが出せない。ゆっくり考えさせてほしい、とお願いしておいた。

「ひとまず遥香さんの私物は、ぜんぶ運んできていいからね」

「あ――！」

ここで思い出す。叔母がマンションを引き払うので、別に部屋を借りようとしていたのだ。

「遥香さん、どうかしたの？」

「私、引っ越しする予定だったんです」

「なんで⁉」

長谷川係長は目をカッと見開き、眼前に迫ってきた。仰《の》け反《ぞ》りながら、事情を説明する。

「叔母が芸能界を引退したので、物置と化していた部屋が必要なくなってしまいまして。少しずつ荷物の整理をしていたんですよ」

「それで、どうして部屋を借りようと思ったの？」

まるで尋問である。にっこり微笑みながら聞いてくるのが、また怖い。

「それが、その、私の私物があまりにもダサくて、正臣君の部屋にふさわしくないような気がしたからです」

「全部持ち込んでいいから」

いやいやいや、と首を横に振る。とてもではないが、あの品々は長谷川係長の部屋にふさわしくない。

「私の私物は、畳の部屋に合いそうな物ばかりなんです」

「だったら、畳部屋を作ればいいだけの話だよ」

「そこまでしていただかなくても――」

「大丈夫。遥香さんは何も心配しなくていいから、大切な物はすべて持って嫁いできてほしい」

まっすぐな瞳に見つめられながら説き伏せられた結果、私は首を縦に振っていた。

「よし。じゃあこれから婚約指輪を買いに行こうか」

「ま、待ってください。婚約指輪って、帰りにコンビニに寄るみたいなテンションで購入する品ではないと思うのですが」

「遥香さんが心変わりしないうちに、注文しておきたいから」

「心変わりなんてしませんって！」

「わからないよ。女心と秋の空、なんて言葉もあるから」

長谷川係長の婚約指輪を購入したい、という意志はとてつもなく固かった。

そんなわけで、プラチナのリングに小さなダイヤモンドの粒が散った指輪をオーダーしたのだった。

家に帰ると、クラッカーのパーンという音と金銀のシャワーに迎えられた。

『婚約、おめでとうございます!!』

マダム・エリザベスがふわっと飛んできて、思わず両手で受け止める。

クラッカーを発射させたのは、ルイ＝フランソワ君だった。

『おめでとうございましゅ！』

「あ、ありがとう」

彼らだけではない。モチオ・ハンクス二十世や、ミスター・トムなど、式神ハムスター達が大集合していた。

「えっ、みんな、どうしたの？」

『今日、プロポーズなさると聞いていたので、皆でお祝いをしようと待機していたんです』

なんでも長谷川係長は、式神ハムスターにいろいろと相談をしていたらしい。

プロポーズは早くしておいたほうがいい、とアドバイスしたのはマダム・エリザベスだったようだ。

『絶対に成功すると、信じておりました！　ねえ、みなさん！』

ルイ＝フランソワ君とミスター・トムはこくこくと頷いていたが、モチオ・ハンクス二十世だけは明後日《あさって》の方向を向いている。

『駄菓子パーティーをするからって、来ただけなのに』

何かぼそぼそ言っていたが、マダム・エリザベスから鋭く睨《にら》まれたからか、急に大人しくなった。

ふと、違和感があった。

なんだか静かだと思い、祭壇のほうを覗き込むと、九尾神の姿がない。

「あれ、九尾神は？」

私の疑問に、白綿神が答える。

『永野家の当主と、話してくるって、宣言してた』

「お祖父様《じいさま》と？　いったい何を話すのやら……」

これまで、たまにふらりと出かけることはあったが、五分、十分と経たずに戻ってきていた。

当主である祖父と話しに行ったようだが、いったい何の用事なのか。

『たぶん、もうすぐ、帰ってくる』

「そう。ありがとうね、白綿神」

白綿神を優しく撫《な》でてあげると、気持ちよさそうに目を細めていた。

再び、私のもとへマダム・エリザベスが下り立つ。

『さあさ、今日はパーティーを開催します。ぜひとも、ご堪能あれ』

「パーティー？」

長谷川係長と顔を見合わせ、首を傾げる。

リビングのほうを振り向くと、ケーキやとりの丸焼きなどのごちそうが並べられていた。

ケーキは二段重ねで、丸焼きは普通の鶏よりも大きいので、もしかしたら鵞鳥《がちょう》か七面鳥かもしれない。

それ以外にも、カプレーゼやピンチョス、カルパッチョなどの前菜に、鯛《たい》のアクアパッツァ、スペアリブ、ミートローフ、チーズの盛り合わせに、三種のバゲットが所狭しと並べられていた。

「えっ、すごい豪勢な料理が、いつの間に!?」

「これ、どうしたの？」

『すべて出前ですわ！』

マダム・エリザベスが胸を張って答える。

インターホンを使ったら、対面せずとも受け取れる。届けられたものはルイ＝フランソワ君がリビングまで運んでくれたらしい。

「えっと、代金はどうしたの？」

『すべて義彦さん持ちですわ！』

なんと、このパーティー代は叔父である義彦叔父さんが払ってくれたという。

『ご祝儀の一部だと言っておりました』

「そ、そうだったんだ」

ミスター・トムがシャンパンもある、と掲げて見せてくれた。

二段重なったケーキのチョコレートプレートには、〝遥香さん、正臣さん、婚約おめでとう！〟と書かれてある。

細かいところまで、気配りしてくれたようだ。

「これ、俺がプロポーズを失敗したら、どうなっていたんだか」

『そのときはチョコレートを裏返して、〝正臣さん、どんまい！〟とでも記していたでしょう』

「優しいね」

『当然ですわ！』

モチオ・ハンクス二十世が大好きな駄菓子も用意されている。もちろん、他の式神ハムスターの好物も並んでいた。

白綿神も祭壇から連れてきて、テーブルの端に置いておく。小さな声で、『婚約、おめでと』と祝福してくれた。

ジョージ・ハンクス七世がシャンパンの栓を開けてくれる。

ポン！　と大きな音が鳴り、栓は弧を描いて飛んでいく。シャンパンが溢れそうになったので、慌ててグラスを差し出した。寸前で、零れずに済んだ。

盛り上がっているところに、ベランダ側の窓が開かれる。

『皆の者、帰ったぞー!!』

永野家の本家に行っていた九尾神が戻ってきたようだ。

私の胸に飛び込んできたのだが、お酒の臭いがした。

「九尾神、もしかして、お酒を飲んだ？」

『ああ！　おいしかった！』

誰だ、九尾神にお酒の味を覚えさせたのは。

早速シャンパンに興味を持ったようで、くんくん匂いをかいでいた。

『今日はなんだか、料理の品数が多いな』

『お祝いですもの！』

マダム・エリザベスの返した言葉に、九尾神は首を傾げている。

『なんのお祝い――？』

「そんなことより、丸焼きはどう？」

長谷川係長が丸焼きのもも肉を切り分けてくれる。すると、九尾神は目を輝かせながらかぶりついた。

『この肉、やわらかくて、ジューシーだぞ！』

夢中になって、料理を食べ始めた。

「遥香さんは、こっち」

私の口にも、何かが差し出される。確認せずにぱくりといただいたら、それはケーキの上に置かれていたチョコレートプレートだった。どうやら、長谷川係長と半分こにしていたらしい。

口元に手を添えていたので、私達が婚約したという話を九尾神にするのは、また今度だと言いたいのだろう。

九尾神は酔っ払っているようだから、それがいいのかもしれない。

『ふうむ。先ほど食べたような、伊勢《いせ》エビやアワビはないのか！』

「だ、誰が九尾神に高級食材を与えたの⁉」

『カニやフグ、和牛もおいしかったぞ』

「や、やめてー！」

まるで、永野家で接待を受けてきたかのようだ。用意したのは祖父だろうが、相手がいくら神様とはいえ、やりすぎである。

「九尾神、お祖父さんと何を話してきたの？」

『よく覚えていないが、浅草の町を頼む、と申していたな』

「そ、そう」

祖父がしてくれた接待については、忘れることにする。

せっかく式神ハムスター達がパーティーを開いてくれたのだ。存分に楽しまなければならない。

みんなが用意してくれたごちそうはどれもおいしく、お腹が満たされる。

なんとも幸せな一日だった。

第二章

筆頭巫女になりました!

(※ただし、攫われるようにして強制任命)

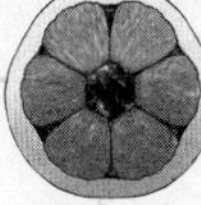

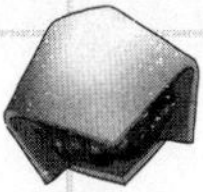

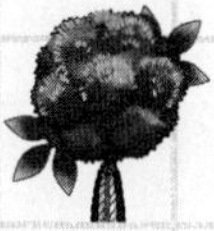

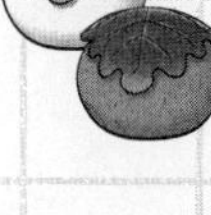

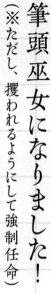

あれよ、あれよという間に月日は流れていく。

美しく咲いていた桜は葉が目立つようになり、儚《はかな》く散っていく。

私達も新年度の業務に追われ、忙しい日々を過ごしていた。

今年は新入社員の配属はなかったものの、木下《きのした》課長や長谷川係長は、少しばたついているように思えてならない。

私に手伝えることもないだろうから、心の中でエールを送るばかりだ。

長谷川係長のご両親との顔合わせは、ゴールデンウィークに決まった。彼の母親と会うのは三回目だが、それでも緊張していた。

父親はいったいどんな感じなのか。長谷川係長曰《いわ》く、大人しくて控えめで、極度の人見知りだと言っていたけれど……。

ゴールデンウィークを迎えるまでに、美容院やまつ毛パーマに行って、服は通販できれいめのワンピースを注文しよう。

見た目よりも中身を磨いたほうがいいのだろうが、今さら頑張っても輝かないような気がしてならなかった。

ところで、今日は朝から、山田先輩がソワソワ落ち着かない様子を見せていた。その理由は、長谷川係長にある。

「なあ、永野、今日の長谷川係長との食事会、なんの用事だと思う？」

「そ、それは――」

長谷川係長は私と山田先輩、杉山《すぎやま》さんと桃谷君を食事に誘っているのだ。私と長谷川係長の婚約を発表しよう、という話になったのである。

一応、お世話をかけている人達なので、課の人達に言う前に報告しよう、と決めたのだ。

「長谷川係長がよその会社に引き抜かれるとかだったらどうしよう！」

山田先輩はガタガタ震えながら、もう長谷川係長以外の上司の下《もと》で働けない、と弱音を吐いていた。

「永野、俺、長谷川係長に引き抜き先について行くか、って聞かれたら、ついて行くな！」

「い、行かないでください、困ります！」

というか、今日はそんな話ではない。そう思っていたのだが、昼休みに長谷川係長に外に呼び出される。

会社の近くの公園で待ち合わせたのだが、そこで信じがたい話を聞かされた。

なくて」

「ごめん、異動になった」

「え!?」

なんと、長谷川係長は余所《よそ》の課から引き抜きされてしまうと言う。

「前からそんな話を聞いていたんだけれど、まさかこんなに早く辞令が下るとは思わなくて」

「ど、どちらに決まったのですか」

長谷川係長はぐっと接近し、耳元で囁く。

「経営企画だって」

「うわ！」

うちの会社では花形と名高い課である。東京支店にやってきて二年目で、長谷川係長は見事な出世街道に乗ったというわけだ。

「すごいです！　おめでとうございます」

「ありがとう」

新年度から上司ふたり組が忙しくしていた理由は、長谷川係長が異動するかもしれないからだったようだ。

嬉しくなって思わず、長谷川係長のお弁当に卵焼きを進呈した。彼のお弁当にも同じ物が入っているのだが、好物だと言っていたので。

「二年目で経営企画課からお声がかかるなんて、とてつもなくすごいです！」

「俺だけの力じゃないよ。木下課長は好きにさせてくれたし、総務課のみんなも頑張ってくれたから、思うように仕事ができたんだよ」

長谷川係長の頑張りが報われる会社で本当によかった。涙が出るほど嬉しくなってしまう。

「あ、でも、新しい係長がやってくるってことですよね？」

衝撃の事実に気づいて、思わず頭を抱えてしまう。

「私、長谷川係長以外の上司の下でなんて、働けません！」

先ほどの山田先輩と同じような状況に陥ってしまう。

「それに関しては心配しないで」

「心配だらけです！」

長谷川係長が配属される前、人使いが荒い太田《おおた》係長の下、酷《ひど》い目に遭わされていたのだ。

長谷川係長の神采配の下で働いているので、当時を振り返ると地獄のようだと思ってしまう。

「係長の立場に置かれた人が問題児だったら、俺も異動は受け入れないから」

「そ、そうですよね」

ひとまず長谷川係長の言葉を信じて、すばらしい栄転を祝おう。

今日の食事会で、他の人達には報告すると言う。

「でしたら、長谷川係長の出世祝いにもなりそうですね」

「婚約をメインに祝福してほしいんだけれど」

突然公園に呼び出されてビクビクしていたが、すてきな報告だった。今後、社内で別々の課となるが、結婚したあとはそのほうがやりやすいかもしれない。

長谷川係長と別れ、午後の仕事も頑張ったのだった。


一日の仕事を終え、ロッカールームで身なりを整える。

婚約の報告をするので、比較的きちんとした服を選んでみた。灰色のニットにノーカラージャケットを羽織り、フレアスカートを合わせる。

ジャケットを脱いだらカジュアルな印象になるので、かしこまった雰囲気になりすぎないのがいいだろう。

化粧はフェイスパウダーで軽くお直ししてから、チークとアイシャドウを追加した。リップはブラウン系で大人っぽく。髪はハーフアップにし、華やかな雰囲気に仕上げてみた。

これでよし、と鏡を覗き込んでいたら、杉山さんが背後からぬっと登場する。

「永野先輩、今日の合コン、気合いが入っていますね」

「杉山さん、これから行くのは、合コンじゃないから」

長谷川係長主催の食事会が、どうして合コンに変わっているのか。がっくりと脱力してしまう。

杉山さんはニットにデニムを合わせた、普段の通勤服といった感じだった。

ニットはタートルネックで長袖なのに、丈が短いからお腹が少しだけ出ていた。寒いのか暑いのか、よくわからないファッションである。

「杉山さん、お腹をあんまり冷やさないほうがいいよ」

春とはいえ、夜は冷える。露出があったら、風邪を引いてしまうだろう。

「永野先輩って、うちのお祖母《ばあ》ちゃんと同じこと言いますよね」

そう返されるだろうとそれとなく予想していた。杉山さんとも付き合いが長くなってきたので、どういう反応があるのかわかってしまうのだ。

「今日はきちんと、アウターを持って来ているんです！」

杉山さんは宣言し、ブレザージャケットを見せてくれた。

「え、嘘、杉山さん、偉い！」

「新年度からは、永野先輩に心配をかけないって決めているんですよ」

「成長したねえ」

杉山さんをよしよししたくなるものの、手を伸ばしても、背が高い彼女の頭には届かないのであった。

「それはそうと、今日って、長谷川係長と永野先輩の婚約報告会かなんかですよね？」

「えっ、私、また顔に出てた？」

「いえ、ただの勘です」

杉山さんの勘、恐るべし、と思ってしまった。

「やっぱりそうだったんですねー」

「交際だと若干周囲の人達も気まずいだろうから、婚約報告でよかったよ」

「まあ、そうですよね」

長谷川係長は交際の時点から周囲の人達に言いたかったみたいなので、やっと肩の荷が下りるような気がする。

「あ、そろそろ行きましょうか」

「そうだね」

男性陣と落ち合い、長谷川係長が予約したお店に向かう。

山田先輩は緊張しているのか、右手と右足が一緒に出ていた。桃谷君も気づいたようで、「大丈夫ですかー？」と声をかけている。

「山田先輩、心配しなくてもいいですよ。そんなに重要な話をする席じゃないですって。たぶん！」

桃谷君は無責任かつ能天気な発言をしているようだが、それで山田先輩の緊張も解《ほぐ》れているようだ。

長谷川係長の先導で歩くこと五分——路地裏にある炭火焼き鳥の居酒屋に到着した。

店内はもくもく煙が立ち上り、焼き鳥が焼ける香ばしい匂いが漂っていた。

ここは個室があるようで、奥の部屋へと案内される。外観はこぢんまりとした佇まいだったが、奥行きがあるお店のようだ。

山田先輩はおしぼりで手を拭いながら、安堵しているように見えた。

「いやはや、長谷川係長の主催っていうものだから、オシャレなイタリアンとかでコース料理を食べに連れていかれるのかと思っていました」

焼き鳥の居酒屋で安心したと呟《つぶや》く山田先輩に、桃谷君が言葉を返す。

「いやー大丈夫ですよ。長谷川係長がイタリアンとかに連れて行くのは、ド本命だけですから」

桃谷君がニマニマしながら私を見ていたが、イタリアンなんぞ一度も行った覚えはない。何を根拠に言っているのか、と呆《あき》れてしまった。

「山田先輩、俺達は本命じゃなくて、しょせん遊びなんです」

「そ、そんな!」

長谷川係長は桃谷君の挑発になんて乗らずに、私と杉山さんにメニューを見せてくれた。

「永野先輩、何が食べたいですか?」

「うーん、迷う」

「じゃあ、適当に五人分の焼き鳥くださいって頼みます? お酒はとりあえず生で」

「あ、ごめん。私は烏龍《ウーロン》茶で」

「俺も!」

すかさず、桃谷君も挙手する。

「永野先輩が飲まないんだったら、私も烏龍茶で」

「え、なんだよ。みんな禁酒中か?」

山田先輩の視線がソフトドリンクのメニュー表に流れていく。心なしか、寂しそうにしていた。

「だったら山田さん、一緒に酒にしましょうか」

「長谷川係長……!」

山田先輩はキラキラな瞳を長谷川係長に向け、嬉しそうに生ビールを注文していた。

「そうか、みんな、ジュースが好きか」

私は少しならば飲めるが、陰陽師業のことを考えて、飲まないようにしているだけだ。桃谷君は飲酒すると眠くなるようで、家でしか嗜《たしな》まないらしい。杉山さんはお酒と共に食も進んでしまうため、ダイエット目的で烏龍茶に決めたという。

「飲み会はたいてい幹事を担当していたから、みんなが酒を飲むか、飲まないかって把握していなかったなー」

「山田先輩のおかげで、いつも楽しておりました」

杉山さんと一緒に、山田先輩へ感謝したのだった。

「俺も、そろそろ幹事を卒業してもいい頃なんだよなあ。後継者は――」

山田先輩は隣に座っていた桃谷君の肩をぽん、と叩《たた》く。

「桃谷、お前ならできる！」

「いや、無理です、重荷です」

「諦めるのが早すぎるだろうが！」

なんて話が盛り上がっているところに、飲み物と焼き鳥の盛り合わせが届いた。

まずは乾杯から。音頭は山田先輩が取る。

「定時帰宅に、乾杯!!」

各々の杯を掲げ、明るい時間に帰れる喜びを称《たた》え合う。山田先輩は生ビールを一気飲みし、二杯目を注文していた。

杉山さんは身を乗り出し、てきぱきと焼き鳥を取り分ける。

「はい、永野先輩」

「わ、ありがとう」

「いえいえ」

こんなことをしてもらったのは、生まれて初めてである。

他の人も取り分けてあげるのかと思いきや、杉山さんはねぎまを摘まんでもぐもぐ食べ始めた。

そんな彼女に、桃谷君が物申す。

「杉山さん、そういうの、普通、全員分やりません？」

「え、面倒なんだけど」

「だったらなんで、永野先輩にだけしたんですか？」

「最近、永野先輩に感謝されたり、褒められたりするのがマイブームなんで」

「なんですか、それは」

私も思わず、心の中で突っ込んでしまう。

「大人になると仕事とか行事とか、何をするにも頑張るのが当たり前みたいな風潮があって。特に言葉を掛けられることってないじゃないですか。でも、永野先輩はきちんと言葉にして、認めてくれるのが嬉しくて」

「あー、たしかにいいですよね、そういうの」

杉山さんのブームは、桃谷君の理解を得たようだ。どうしてそうなった。

「じゃあ、俺は永野先輩にサラダを取り分けてあげます」

「大丈夫、自分でできるから」

「どうしてやらせてくれないんですか！」

「恩を倍返ししてほしいとか望みそうだし」

「言いませんよ、そんなこと」

わいわい騒ぐ私達の様子を、長谷川係長は穏やかな目で見つめていた。

もうすぐ異動するので、こういう光景を見られるのも残りわずかだ、とでも考えているのだろうか。

二杯目の生ビールを飲み干した山田先輩が、本題へと誘《いざな》ってくれる。

「そういえば、長谷川係長、報告があるって言っていましたよね」

「ああ、そうだったね」

長谷川係長は居住まいを正し、本題へと移った。

「実は、辞令がでて、秋頃に経営企画課に異動することになったんだ」

「え――――!!」

一番の叫びをあげたのは、桃谷君だった。杉山さんも驚いて言葉を失っている模様。

山田先輩は目を剝き、魂が抜けたような表情でいる。

「経営企画って、とんでもない栄転じゃないですか！　羨ましい！」

桃谷君は素直過ぎる反応を示す。杉山さんもこくこくと頷いていた。

山田先輩はいつの間にか涙を流していた。

「長谷川係長、俺達を捨てるんですね！　酷い！」

なんだか重たい女みたいな発言をしている。山田先輩の顔はすでに真っ赤だ。生ビール二杯で、酔っ払っているのだろう。

「俺も、俺も長谷川係長についていきます」

「山田先輩、それは無理な話ですよ。あそこは会社内でも、エリート社員だけが所属する部署なんです」

桃谷君が酷いことを言い、杉山さんも頷いていたのだが、山田先輩は気づいていなかった。

「山田さん、残念ながら、一緒に異動はできないんですよ」

長谷川係長にも優しく諭され、余計に涙していた。ただ、長谷川係長の言葉はそれで終わりではない。

「次の係長は、山田さんだから」

「え？」

山田先輩は大号泣していたのに、涙がぴたりと止まる。

「お、俺が、係長？」

「そう。俺が推薦した」

「係長……係長!?」

一瞬で酔いが醒《さ》めたようで、カッと目を見開く。

「な、なんで俺が係長に!?」

「木下課長と話し合った結果だよ。山田さんなら、いい係長になると確信していたので、推薦したんだ」

「で、でも、能力が、見合っているように思えなくて」

「大丈夫。山田さんなら、周囲と協力して、上手《うま》くやれると思うから」

そのとおりだ、と深々と頷いてしまう。

太田元係長なんかは、できもしないのに自分で仕事を大量に確保し、抱え切れなくなったら部下に押しつけるという最悪な上司としか言いようがなかった。

きっと山田先輩ならば、みんなで頑張る仕事ができるだろう。

それにしてもなんともおめでたい話である。長谷川係長の言うとおり、山田先輩ならばいい係長になりそうだ。

「うう、こんな酔っ払いで、ごめんなさい」

長谷川係長は気にするな、と山田先輩の肩を優しく叩いていた。

「正式な発表は後日、木下課長からあるから、楽しみにしておいてね」

なんでも木下課長から、山田先輩が驚きすぎないように、酒の席で伝えておいてくれ、と頼まれていたらしい。さすが、木下課長。山田先輩についてよくわかっている。

「俺、頑張ります！　だから、永野、杉山、桃谷、みんな、助けてくれ！」

「もちろんです！」

力いっぱい頷くと、山田先輩はまたしてもポロポロ涙を零す。今度は嬉し涙だろう。

「俺、子どもを迎えによく定時帰宅してるし、飲み会も二次会に行けなくて、一生、平社員のままだろうって思っていたから、本当に、嬉しい」

山田先輩が係長に推薦されたのは、普段の仕事っぷりを評価してくれたからだろう。

子育てを頑張る人が出世する会社でよかったと思う。

「いやー、おめでたいですね。山田先輩、おめでとうございます」

「うう……杉山、ありがとう」

杉山さんが店員を呼び、追加の生ビールを注文してくれる。

「山田先輩、今日はじゃんじゃん飲みましょう！」

「まだまだ夜はこれからですよ！」

桃谷君は一滴もお酒を口にしていないのに、二、三杯引っかけたくらいのテンションで盛り上げてくれる。

なんだか気恥ずかしいので、いい感じに仕上がったときに婚約報告をしたかったのだけれど……。

杉山さんと桃谷君は山田先輩を酔わすことしか考えていないようだ。

「ふたりとも、お酒を勧めるのはほどほどにね」

「はーい」

「わかりましたー」

ここで長谷川係長と目が合う。ついに、言うつもりなのだろう。

桃谷君が頼んだ鶏《とり》つくねがきたタイミングで、長谷川係長が話し始める。

「実は、もうひとつ報告があって」

「なんですか、長谷川係長？　もしかして、俳優デビューですか？」

山田先輩は完全に、酔っ払っていた。

心配が吹き飛び、箍《たが》が外れているのだろう。

桃谷君はつくねを頬張りつつ、つまらなそうな表情で話を聞いている。おそらく、彼も杉山さん同様、何かしら気づいているに違いない。

「永野さんと、婚約しました」

シ――――ンと静まり返る。見事なまでの静寂だった。

山田先輩は焼き鳥に伸ばした手が止まり、桃谷君は明後日の方向を向いている。杉山さんは静かに話を聞いているようだった。

「結婚は来年春くらいかなって、話し合っている途中なんだけれど」

長谷川係長はすぐにでも入籍したかったようだが、秋には経営企画課への異動がある。結婚は先でいいのではないか、と提案したのだ。

「えっ、えっ、えっ!? け、結婚!?」

山田先輩は私と長谷川係長を交互に見て、天井を仰ぐ。

「なんで？ 理解できない……。いつの間に!? っていうか、ふたりは付き合っていたの？」

「ええ、まあ。気づいていませんでしたか？」

「ぜんぜんだよ！ 匂わせすら感じなかったわ！」

どうやら山田先輩は、私と長谷川係長の交際について、まったく勘づいていなかったようだ。

「永野、いつから長谷川係長と交際していたんだ？」

「えーっと、たしか初夏辺りから、でしょうか？」

「そんなに前から!?」

山田先輩は頭を抱え、「永野が長谷川係長と婚約……！」とぶつぶつ呟いている。

「永野は桃谷とカップルになるんじゃないかって、決めつけてた」

「俺もです」

どうしてか桃谷君も同意する。なぜ、そういう方向に考えていたのか、まったく理解できない。

山田先輩はまだ受け入れられないのか、ぶつぶつ呟いている。

「長谷川係長はなんていうか、こう、なんだろう。どこかの社長令嬢と結婚するものだと想像していた」

それに関しては、私もそう思っていた。

お偉方の娘さんと婚約して、ゆくゆくは社長に――なんて人生が似合いすぎる。

けれども長谷川係長が選んだのは、一般家庭で育った、なんの変哲もない私だ。

「いや――よかった」

最終的に、山田先輩から絞り出された言葉に、首を傾げる。

「山田先輩、何がよかったのですか？」

「いや、長谷川係長が社長令嬢なんかと結婚したら、遠い存在になってしまいそうで」

私と夫婦になるのであれば、これからも付き合いが続く。それが嬉しいのだ、と山田先輩は呟いていた。

入る。

「永野、おめでとうな。幸せになれよー」

「はい！　山田先輩、ありがとうございます」

山田先輩は「まだまだ飲むぞ！」と気合いたっぷりだったが、長谷川係長が止めに入る。

「そろそろ帰らないと、お子さんも寂しがるのでは？」

「うっ、そうだ。たしかに、待ってる」

まだ時刻は二十時過ぎ。急いで帰ったら、子ども達もまだ起きているだろう。

長谷川係長はアプリを使ってタクシーを呼び、山田先輩にタクシーチケットを握らせる。

「桃谷君は山田さんを外に連れていっておいてくれる」

「了解しましたー」

私は支払いを、と思った瞬間、杉山さんに腕を掴まれる。

「私達はお化粧直しといきましょうか？」

「え!?　あ、うん」

トイレは広くはなかったものの、男女に分かれているので、ちょっとした化粧直しくらいならば問題ないだろう。

杉山さんはリップを塗りながら、ここに来た目論見《もくろみ》を語った。

「長谷川係長に、支払いをする隙を作ってあげたんです」

「ここ、割り勘じゃないの？」

「奢《おご》りでしょう？」

「ええっ!?」

杉山さんは迷いのない、澄んだ瞳を向けながら言い切る。

「今日、電子マネーしか持ってきていないんです。ちなみにここのお店、電子決済は対応していないようですし」

もしも代金を請求されたら、私に立て替えてくれるように頼むつもりだったらしい。

「奢り、だったらいいね」

「絶対そうですよ！　そろそろ長谷川係長がスマートに支払いを完了している頃でしょうから、行きましょう」

杉山さんの予想通り、長谷川係長は支払いを終えていた。しかも、奢りだという。

お店の外に出てから、杉山さんは小芝居を始めた。

「ええっ、長谷川係長、いいんですかー？　でも、なんか悪いですよ。私も払います」

杉山さんはそう言って、財布が入っていない鞄の中を探り始めるが、長谷川係長は「大丈夫だよ」と言葉を返し、支払いを断っていた。

奢ってもらえるとわかっていながらここまでするのか、と内心笑いそうになっていたが、ぐっと我慢した。

山田先輩をタクシーに乗せて送り届けた桃谷君が戻ってくる。

「あー、支払い」

「桃谷君、今日は奢りだから」

「やった！　ごちです」

続けて私も、「ごちそうさまでした」と頭を下げる。

「長谷川係長、このあとどうするんですか？」

「行きたいところある？」

「うーん」

杉山さんが挙手し、パフェが食べたいと提案する。

「あれ、杉山さん、ダイエットをしていたのでは？」

「パフェは別腹でーす」

「別腹って、そういう意味じゃないような」

私の指摘は彼女の耳には届いていなかった。

おいしいお店を知っていると言うので、二次会はパフェになる。

「私は永野先輩と楽しんできますので、長谷川係長と桃谷は仲良くラーメンでも食べに行ってくださいね」

「ちょっ、杉山さん、待ってくださいよ。俺もパフェ派です！」

「そうなの？　じゃあ、私と桃谷がパフェで、長谷川係長と永野先輩がラーメンか」

杉山さんは桃谷君と腕を組み、「あとは若いふたりでお楽しみください！」と言って去って行く。

桃谷君は「は!?　ふたりっきりとか聞いてない！」とか叫んでいたが、問答無用で連れて行かれていた。

思いがけず、夜の町に長谷川係長とふたりで取り残されてしまう。

「えーっと、正臣君、ラーメン、どうします？」

「せっかくだから、食べていこうか」

満腹とまではいかなかったので、ミニラーメンくらいならばお腹に入るだろう。

少し散歩し、長谷川係長のお気に入りのラーメン店にお邪魔する。

そこはカウンター席のみのお店で、端っこを陣取った。

歩いたらけっこう食べられそうな気がして、結局一人前頼んでしまう。

しっかり髪を結び、万全の状態になった。

ラーメンを待つ間、今日の食事会はどうだったか感想を聞く。

「なんだか不思議な気持ちだった。これまで、個人的な付き合いをする会社の人なんて、いなかったからだと思うけれど」

栄転が決まって、ここまで祝福されたのは初めてらしい。

「くすぐったいって言うか、照れるというか」

「それは、嬉しいってことなんですよ」

「ああ、そっか。そうだったんだ」

長谷川係長は何をするにも、妬まれることが多かったようだ。

「何をしても、努力をせずにやってのけるように見えているんだって」

「そんなことはないんですけどねえ」

「うん」

長谷川係長だって人並み以上の努力をして、今の地位にいる。

何かの片手間に仕事を成し遂げる人なんて、存在するわけがないのに。

長谷川係長は黙々と努力し、頑張るタイプなので、難なくやっているように見えるのだろう。

「人付き合いなんてしなくてもいい。くだらないってずっと思っていたけれど、撤回するよ」

人と関わることは、煩わしさや妬み、悲しみなど負の感情がまとわりつく。けれどもそれ以上に、喜びや希望などの正の感情もたくさんもたらしてくれるのだ。

「遥香さんと出会ったおかげで、人間らしい感情を取り戻したような気がする」

「正臣君……」

ウルウルしてしまったタイミングで、ラーメンが運ばれてきた。湯気が涙を隠してくれるので、ちょうどいい。

「延びないうちに食べようか」

「ええ、そうですね」

夜の遅い時間にいただくラーメンは、背徳の味だと思ってしまう。

焼き鳥を完食したばかりなのに、信じがたいほどおいしかった。

「あ、杉山さんからメールが届いています」

桃谷君とパフェのツーショットが添付されていた。サクランボのパフェをおいしそうに頬張っている姿である。

「なんだかんだ言って、とても楽しそうだね」

「本当に」

続けてこれから帰宅します、と打たれたメールが届いた。

「私達も帰りましょうか」

夜の浅草の町を、長谷川係長と共に歩く。

あやかしの気配などどこにもなく、いつになく平和な夜だった。

◇　◇　◇

春はあっという間に過ぎていく。もう桜の花なんてどこにもなかった。

九尾神には『桜が恋しければ、動画を見ればよい！』などと指摘されてしまったが、そういう問題ではない。

問題と言えば、九尾神が永野家の本家で接待を受けた結果、大変な美食家になってしまい、困っている。

以前であれば、私が作る卵焼きを喜んでいたのに、最近は『鮑《あわび》の蒸し焼きを食したい！』などと、高級食材を使った料理を叫ぶのだ。

かつては毎日のように作ってくれ、とリクエストしていたふわふわパンケーキすらも、見向きをしなくなったのである。

困り果てた結果、本家に報告したら、上等の鮑が配達された。それで料理を作って、献上する日々であった。

しかし、失敗が許されない高級食材を調理し続けるというのも、なかなか骨が折れる。どうにかならないものかと考えていたところに、朗報が届いた。なんと、九尾神の祭壇を置く物件が見つかったのだとか。

それは雷門《かみなりもん》通りから少し離れた場所で、庭付きの一軒家だと言う。九尾神はそこに拠点を移し、永野家の人達に祀られながら暮らす。

つまり、私達のお役目は終わった、というわけだ。

九尾神はずっと、私の作る料理ばかり食べたがっていた。けれどもおいしい料理を知ったので、私への執着もなくなったように思う。

『遥香、我の新しい祭壇に、遊びにきてもよいぞ！』

「ありがとう。いつか、訪問するね」

『そのときは、ひとりでこいよ！　あいつ、正臣は必要ない』

九尾神から不遇の扱いを受けた長谷川係長は、少し複雑そうな表情を浮かべている。

彼も九尾神のために いろいろ料理を作っていたのだが……。

『白綿神も連れてゆくぞ！　我々は〝友〟だからな！』

九尾神がひとりだったら心配だが、白綿神がいれば何かあったさいも助けてくれるだろう。

白綿神までいなくなるのは悲しいが、我慢するしかない。

九尾神を祀る家、通称『九尾社』の責任者は、一郎《いちろう》伯父さんが任されたようだ。

義彦叔父さんだったら気軽に遊びに行けるな、と思っていたのだが、当てが外れてしまう。

一郎伯父さんとは何度も電話でやりとりし、九尾神の扱いについてしっかり伝えておく。

「そういえば、一郎伯父さんの担当区域も、平和になったの？」

『ま、まあ、そうだな。何事も起こっていない。九尾神の守りがあるのだから、当たり前じゃないか！』

「そうだよね」

ひとまず浅草の町の治安については、安心してもよさそうだ。


そして——九尾神を送り出す日が訪れた。

今日も、永野一郎名義で高級食材が届く。九尾神は嬉しそうに、魚介が入った発泡スチロールの箱を覗き込んでいた。

『おお！　今日はいい伊勢エビがあるな！　刺身と味噌汁にしてほしい』

「わかった。他に、私が作る料理で食べたいものはある？」

九尾神はすっかり美食家になってしまったので、思い浮かばないのかもしれない。

けれども浅草の町を守ってくれる感謝の印として、最後に何かしてあげたかったのだ。

『ふむ、そうだな』

「何もなかったら、別にいいんだけれど」

『いや、待て。あるぞ』

「え？」

九尾神は尻尾を左右に振りつつ、思いがけない料理を作ってほしいと訴えた。

『みかん大福が食べたいぞ！』

「み、みかん大福⁉」

そういえば以前、そんなものを作ったな、と遠い目になった。

私が九尾神とみかん大福をいただいたのは、ほんの一ヶ月ほど前。

お正月に貰《もら》った切り餅を冷凍保存していたのだが、そろそろ食べなければならないと判断し、みかん大福にしたのだ。

『あのみかん大福は、餅がもっちもちで、あんこの甘さがほどよく、みかんの甘酸っぱさがなんともいえない、極上の甘味だった』

冷凍庫にあった切り餅とあんこ、お買い得品のみかんを使って完成させた、ありあわせのみかん大福だった。まさか、そこまで評価いただいていたとは、夢にも思っていなかった。

「えーっと、あんこは冷凍庫に作り置きがある。みかんはないけれど、缶詰でいいか」

問題は切り餅である。あれは母が祖父から送ってもらったもので、すぐに手に入る品ではない。

『みかん大福について考えたら、よりいっそう食べたくなったぞ！』

「あ、あの、申し訳ないことに、餅がないんだけれど」

『むう！　なんとかならぬのか!?』

「なんとか、と言われましても――……いや、待って！」

餅の代用になるようなもの、と考えた瞬間、パッと閃《ひらめ》いた。

「白玉粉でみかん大福を作れるかも！　いや、作れる！」

お正月に白玉ぜんざいを作る予定で買っていたのだ。母から大量に餅をもらったため、計画が頓挫していたのである。

『遥香、みかん大福、食べられるのか？』

「うん、任せて！」

そんなわけで、白玉粉を使用したみかん大福作りを開始しよう。

まず、あんこをレンジで解凍しておく。次に、求肥《ぎゅうひ》作りに取りかかる。

求肥というのは、白玉粉と水、砂糖や水飴《みずあめ》から作る餅みたいなお菓子だ。

大福の生地としても親しまれている。

鍋に水を注ぎながら白玉粉の粒を潰すように混ぜ、これを弱火にかけて木べらでしっかり練った。ペースト状になり、少し透明感がでてきたら、砂糖を細かく分けなから入れる。白玉粉の生地がツヤツヤになってきたら、火を止めた。

求肥の完成だ。

まな板に打ち粉をして求肥を置き、その上からもさらに打ち粉をする。

めん棒でしっかり求肥を延ばしたあと、包丁で切り分けていく。

あんこを団子状に丸め、周囲を缶詰のみかんで覆う。それを求肥で包み込んだら、みかん大福の完成だ。

「できた！」

『おおおお！』

九尾神の前に置いてあげると、瞳をキラキラ輝かせる。この表情を見たのは、久しぶりだ。

九尾神は嬉しそうに、みかん大福にかぶりついた。

『んんんん！　餅はやわらかくて、みょーんと伸びるぞ！』

おいしい！　と叫んだ九尾神を見た瞬間、よかったと安堵する。

六つあったみかん大福を、九尾神はぺろりと食べてしまった。

「あの、夕食、入る？」

『伊勢エビは別腹だ！』

「そっか。じゃあ、作るね」

『ああ、頼むぞ』

私は伊勢エビの固い殻と格闘しつつ、九尾神が望む豪勢な夕食を仕上げたのだった。


翌日、ついに九尾神と別れる日がやってきた。

九尾神は朝から白綿神をハンカチで包んで背負い、出発時間を待つ。

「あの、九尾神、それ、白綿神は苦しくないの？」

『落ち着くらしい』

「それならいいけれど」

昨日、白綿神とはお別れの挨拶をしたのだが、すでに寂しくなっている。

朝からため息ばかりついてしまった。

お昼前となり、ついに一郎伯父さんがやってくる。

九尾神と白綿神を迎えにきたのだ。もしかしたら、行きたくない、と駄々を捏《こ》ねるかもしれない。そう思っていたが――。

「九尾神様、車で食べられるように、お弁当を用意してきました」

お節料理を入れるような重箱が出た。

一段目は松茸《まつたけ》ご飯、二段目にはトラフグのからあげや、ブランド牛のステーキ、蒸し鮑に伊勢エビ、蟹《かに》などが入っており、三段目にはフォアグラのソテー、オマールエビのグラタン、フカヒレの姿煮などなど、高級食材が使用されたお弁当を九尾神に見せびらかしていた。

『おお、気が利くな！　遥香の父親なんぞ、手ぶらでここを訪れたというのに』

褒められた一郎伯父さんは、「当たり前のことです」と言いつつも、表情は満更でもない、といった感じであった。

「あの、九尾神、昨日の夜に作ったお菓子なんだけれど、よかったら食べて」

昨晩、九尾神が眠ったあとクッキーを焼いたのだ。

九尾神に似た狐の抜き型があったので、それを使ってアイシングもした。初めてしたが、上手くできたように思う。

いつもだったら飛びついて喜ぶのに、九尾神は一郎伯父さんが持ってきた重箱に張り付いて離れない。

『一郎、遥香のクッキーを受け取ってくれ』

「はは、かしこまりました」

一郎伯父さんはすっかり九尾神の僕《しもべ》である。直接受け取ってもくれないのか、と落胆したものの、私にだけ執着するよりはずっといいか。

最後に、一郎伯父さんはなぜか、長谷川係長に「ありがとう」と声をかけている。

『では、遥香、世話になったな』

「九尾神、元気で」

『もちろんだ！』

あっさりと九尾神はいなくなってしまった。

扉がぱたんと閉まると、なんとも言えない気持ちがこみ上げてくる。

「なんだか、嵐が去ったって感じだね」

「ええ、本当に」

九尾神がやってきてから約三ヶ月しか経っていないのに、一緒に過ごした日々はとてつもなく長かったように思えてならない。

「遥香さん、これまでよく頑張ったよ」

「あ、ありがとうございます」

長谷川係長が私を抱きしめ、優しく労《ねぎら》ってくれる。

子育てをするかのように大変だったからか、その分、愛情も芽生えていたのかもしれない。だから、こんなにも切ない気持ちになっているのだろう。

「少し落ち着いたら、一緒に九尾神に会いに行こうか」

「そう、ですね。いつか……」

それは一週間後か、それとも半年後か、はたまた一年後か。よくわからないけれど、元気いっぱいな九尾神に会えたらいいな、と思った。

◇　◇　◇

九尾神がいなくなってから、当日は心にぽっかり穴が空いたように、寂しい気持ちがこみ上げていた。

なんて、センチメンタルになっている場合ではない。食べていくため、仕事に勤《いそ》しまなければ。

山田先輩は長谷川係長の引き継ぎを行うため、いつものデスクにはいなかった。長谷川係長のあとを、ひな鳥のようについて回っている。なんとも平和な光景であった。

伸びをしつつ仕事に取りかかろうとしたら、隣の席の杉山さんが話しかけてきた。

「そういえば永野先輩、預かっている猫ちゃんって、もう返したんですか？」

杉山さんが言う猫ちゃんというのは、九尾神のことだ。以前、彼がやってきたばかりのとき、猫だと言って誤魔化していたのである。

「猫ちゃんは返したけれど、なんで？」

「いや、知り合いの家で猫が生まれたらしくて、どうかなって思いまして」

杉山さんが子猫の写真を見せてくれた。可愛いサビ猫だったが、生き物のお世話は九尾神でお腹いっぱいだった。

「いや、しばらく猫はいいかな」

「あ、やっぱり大変でしたか」

「命を預かるという行為は、なんでも大変だよね」

朝からパンケーキを作るようにせがまれたり、夕食はまだかと怒られたり、手に入りにくい材料を使う料理を要求されたり……。

大変という一言で片付けていいものではなかったような気がする。

ここ数年は、ペットの飼育は考えられない。

「まあ、結婚したら子どもができるかもしれないですからね」

「こっ――！」

杉山さんに指摘され、そういえばそうだ！　と気づかされる。

「永野先輩、どうかしたんですか？」

「いや、結婚だけで頭がいっぱいで、子どもについて考えていなかったから」

私が子どもを産むなんて、夢のような話だ。けれども、結婚したら途端に現実的になるのだろう。

「永野先輩、寿退社しないですよね？」

「しないよ」

そう答えるのと同時に、杉山さんが「あー！」と言いながら机に突っ伏す。

「え、どうしたの？」

「永野先輩が退職したら嫌だなって、ずっと思っていたんです」

結婚はめでたいことなので、聞いて落胆したら失礼かと判断し、これまで確認できずにいたらしい。

「もしも永野先輩がこの会社からいなくなったら、長谷川係長を恨んでいたかもしれません」

「そんなに私に辞めてほしくなかったんだ」

杉山さんはこくりと頷く。まさかここまで彼女から必要とされていたなんて、驚きであった。

「私ひとりじゃ、桃谷の面倒は見切れないので」

「えっ、私がいてほしい理由って、それだけ？」

「あとは――まあ、いろいろありますよ。たぶん。さて、仕事しよう」

話を逸《そ》らした杉山さんの耳は、少し赤くなっていた。照れ隠し、と思ってもいいのだろうか。

今日のところは追求しないであげた。

平和な日々はあっという間に過ぎ去っていく。

九尾神や白綿神がいなくなって数日は、寂しいような物足りないような日々を送っていた。祭壇があった場所に何もないのに気づくと、切なくなっていたくらいだ。

けれども、長谷川係長と結婚式について話し合ったり、叔母の部屋の整理を手伝ったりと、忙しく過ごしているうちに、気にならなくなっていく。

九尾神と白綿神は、予定通り永野家の本家の人達が大切にしてくれている。ここにいるよりは、ずっといい思いをしているだろう。

三日前に叔母は部屋を引き払った。部屋はすでに売りに出しているようだが、不景気な世の中なので買い手が付くかはわからないという。

叔母は業者に販売を委託することも考えたようだが、隣に私と長谷川係長が住んでいるので、住人は厳選したいと話していた。

そんなわけで、すぐに誰かが引っ越してくることもないようなので、ホッとしているところだった。

叔母の部屋に置かれていた私の私物のほとんどは、叔母が呼んだ買い取り業者に処分してもらった。結局、例の桐箪笥も手放したのだが、長谷川係長には「もったいない」と言われてしまった。でも引き出しは開けにくくなっていたし、経年劣化でささくれ立っている部位もあった。もう充分だろうと判断し、処分したのだ。

どうしても捨てられなかった、就職活動時代を一緒に戦ったスーツや鞄などは母に管理を任そう。

ジョージ・ハンクス七世を連れて、久しぶりに実家へ帰った。

突然帰宅したので、もしかしたらいないかもと想定していたが、両親は揃《そろ》って在宅していた。

「ただいま」

「あら遥香、どうかしたの？」

母の今日子と彼女の式神ハムスターであるルイ＝フランソワ君が迎えてくれる。

いちごジャム作りをしていたようで、部屋の中は甘酸っぱいいい匂いが漂っていた。

ルイ＝フランソワ君は母とお揃いの、花柄のエプロンをかけている。可愛いとしか言いようがない姿を見せてくれた。

ジョージ・ハンクス七世は鞄から飛び出し、ルイ＝フランソワ君とハイタッチしていた。

『よお、ルイ＝フランソワ。調子はどうだ？』

『元気でしゅ！』

ジョージ・ハンクス七世は嬉しそうに話しかけていた。

モルモットほどの大きさのルイ＝フランソワ君と、手のひらサイズのジョージ・ハンクス七世のやりとりは、見ているだけでほっこりする。

　母も相変わらず、元気そうである。

「遥香が来るんだったら、パン屋さんのいいフランスパンでも買っておけばよかったわ。スーパーの特売パンしかないわよ」

「スーパーのパンもおいしいから」

「あなた、長谷川さんと同棲するようになってから、いい物ばかり食べさせられて、美食家にでも転身していると思っていたわ」

「そんなことないって」

　美食家と聞いて、九尾神について思い出してしまう。

　リビングのほうに行くと、父の浩二がソファで寛《くつろ》ぎ、テレビを観ていた。

「お父さん、ただいま」

「おお、遥香、おかえり。どうしたんだ？」

「家にあった捨てられない物を、お母さんに管理してもらおうと思って」

「お前はまた、ここを物置代わりにして」

　そうなのだ。処分するように言われていた学生時代の制服や、教科書、ノート、ランドセルやオモチャの数々など、思い出が詰まっている物を捨てることができずに、母に預かってもらっているのだ。

　一方で、父はなんでもかんでも捨ててしまう人で、捨てられない私に呆れた視線を向けてくる。

「あなた、少しくらいいいじゃない。思い出の品は二度と手に入らないのよ？」

「それはそうだが」

幸いにも、母は思い出が詰まった不必要な品を大切にしてくれる。

なんでも、私が幼少期に作った工作や絵、母の日や誕生日の贈り物に至るまで、丁寧に保管してくれているらしい。

「遥香、今日は何を持ってきたの？」

「就活用のスーツと鞄」

さっそく、父からの「それいらないだろう」的な視線がグサグサと突き刺さる。

「少しくらいいいでしょう？　これまでお父さんのお願いをたくさん聞いてきたし、九尾神のお世話は大変だったから」

これを言われてしまったら、父もぐうの音が出ないようだ。

「そういえば、九尾神は本家が引き取ったそうだな」

「うん、ちょっと前にね。一郎伯父さんがマンションに来て、九尾神の機嫌を取りながら連れて行ったよ」

九尾神さえきちんと祀っていたら、浅草の町は安泰である。そのため、九尾神は本家が用意した九尾社で大切にされているに違いない。

これまでの功績をしっかり主張し、私の就活用のスーツと鞄は実家に居場所を確保できたのだった。

ただ、私の私物がクローゼットのひとつを丸ごと占領してしまった。ここ二、三年のうちに整理して、断捨離しなければならないだろう。

結婚して、しばらく落ち着くまで待ってほしい。

と、考え事をする中で、本来の目的を思い出す。

「あ、そうだ。今日は話したいことがあって――」

そう口にした瞬間、父と母はギョッとした表情で私を見つめる。

これまでさまざまな問題に巻き込んできたので、今回もそうだと思われたのだろう。

「あの、悪い話じゃなくて、いい話！」

嵌めていた婚約指輪を見せると、母が「きゃあ！」と悲鳴をあげた。

「遥香、ついに長谷川さんにプロポーズされたの？」

「そう。結婚は一年後に、って話し合っているんだ」

「あなた、すごいじゃない!!　おめでとう!!」

「ありがとう」

両親に婚約報告すると言ったら、長谷川係長も一緒に行きたいと言ってくれた。しかしながら、突然ふたりで押しかけたら、父が緊張してしまう。

そのため、まずは私ひとりで伝えたほうがいい、という話になったのだ。

予想どおり、母は手放しで喜んでくれる。一方で、父は険しい表情を浮かべていた。

これについても、想像どおりである。

「結婚って、もうするのか？」

「え、でも、結婚式は一年後だよ？」

「いやしかし、交際はまだ一年もしていないだろう？」

「そうだけれど」

結婚という答えを出すのが早いのではないか、と父は心配しているらしい。

「もっと長く付き合ってから、籍を入れても遅くないのでは？」

そんな父の意見に、母が指摘する。

「遥香と長谷川さんは同棲もしていて、それでも結婚したいって言ってくれたんだから、これ以上、何が問題になるっていうの？」

「そ、それは……」

「素直になって、可愛いひとり娘が結婚することが寂しいって、白状しなさいよ」

賛成しなかった理由はそれではないだろう、と思っていたのに、父は顔を赤くして黙り込んでしまう。

「子どもはいつか、独り立ちして、離れていくものなのよ」

その言葉を聞いた瞬間、父の眦《まなじり》に涙が浮かんだ。

「……遥香は少し前まで、自分の名前も言えないくらい、小さかったのに！」

いったい何年前の話をしているのか、と突っ込みたくなる。

父は涙をポロポロ零しながら、嗚咽《おえつ》を漏らすように話し続けた。

「家に思い出の品があるから、ついつい幼かった頃を振り返ってしまって、なんだか辛くなって」

「遥香、お父さんもね、遥香が贈ってくれた父の日の贈り物や肩たたき券を大切に保管しているのよ。でもそれを眺めると、その頃の遥香はいないって悲しくなるから、あまり見たくないんですって」

「そ、そうだったんだ」

だから、思い出の品は捨てるように言っていたのか。

「えーと、じゃ、じゃあ、結婚前に私物を捨てるよう、整理しに来ようかな？」

「捨てるな!!」

父は号泣しつつ、私を叱るように叫ぶ。

「すべて……大切な品だ」

そこまで言ってくれるとは。じーんと胸が温かくなる。

ひとまず父のお言葉に甘え、私物は少しだけ実家に置かせてもらおう。

「婚約について正式な報告は、今度、長谷川さんと一緒にするからね」

長谷川係長の名前を出した途端、父は顔を背ける。まるでその話題は聞きたくなかった、と言わんばかりだった。

もともと父は長谷川係長に対して苦手意識があったようだが、さらに鬼だということも明らかになり、余計にどう接していいのかわからないのだろう。母のように、気さくに話してほしいのだが。

父が顔を背けた方向に回り込み、大切なことをしっかり伝えておく。

「今度ゴールデンウィークに長谷川さんのご両親がやってくるのだけれど——」

途端に、父の表情が強《こわ》ばる。今回は私と会うだけにして、うちの両親とはまた別の日に挨拶したい、という話になったと説明すると、父は安堵の表情を見せていた。

「遥香、相手方のご両親に気に入られるよう、しっかり準備しておくんだぞ」

「わかっているよー。私ももう大人なんだから、それくらいできるし」

父と私の話を聞いた母が、何か思い付いたのかハッとなる。

「遥香、あなた、ちゃんとした服は買ったのでしょうね？」

「うん。通販でワンピース購入したよ」

「通販んん!?」

「うん、通販だけれど、どうかしたの？」

母は私の質問に答えず、つかつか歩いてくる。

「どんなワンピースか、見せなさい！」

「いいよ。えーっと、写真を撮っていたはず」

「は、早く！」

母の目が血走っていて少し怖い。

ワンピースは届いた日に試着したついでに、スマホで撮影しておいた。一応、長谷川係長にも見せるつもりだったのだ。

「これなんだけれど」

「なっ!?」

母はカッと目を見開き、ワンピースの試着写真を凝視している。

「可愛いでしょう？」

母は無言で私の腕をガシッと摑み、凄《すご》み顔で提案してきた。

「遥香、今すぐデパートに行くわよ！」

問答無用で腕を引き、私を連れて行こうとする。

「え、どうして？」

「顔合わせの服を買うからに決まっているでしょうが！」

「いや、今さっき、着ていくワンピースを見せたでしょう？」

私を見る母の表情は、少しだけ般若《はんにゃ》みたいだった。くわっと目を見開いて、まくし立てるように叫ぶ。

「どうせ、定価三万円のワンピースが今ならクーポンで半額、みたいなセールで購入した物でしょう？」

「な、なんでわかったの？」

「あなたが考えそうなことくらい、お見通しなのよ」

本当は定価一万五千円のワンピースが五千円だったのだが、怒られそうだったので黙っておく。

「セールの服って、気のせいかもしれないんだけれど、生地がぺらっぺらで安っぽいのよ。最近は安い商品が意外と高く見える〝高見え〟なんて言葉が流行《はや》っているけれど、わかる人にはわかるの！」

実際に、届いた商品を見て「意外といい感じ。高い服に見えるかも！」と思ってしまったので、母の言葉が身に染みる。

「年を重ねたら目が肥えてしまうから、どうしてもわかってしまうの。それに、長谷川さんのところの家業はスーツの仕立て業をしているんでしょう？」

そうなのだ。長谷川係長のご実家はスーツをオーダーメイドで作る、老舗の紳士服店である。たしかに生地や作りの状態で、どの程度の恰好《かっこう》をしているのか、バレてしまうかもしれない。

「京都からはるばる東京にやってきて、息子と結婚する娘がセールで買ったであろうペラペラのワンピースなんて着ていたら、心の中でズコーッと転《こ》けるかもしれないわ」

「なんと言うか、返すお言葉が見つかりません」

「あなたのことだから、なるべく節約をして、結婚生活に臨もうと考えていたんでしょうけれど」

「うん、まあね」

結婚はことあるごとにお金が入り用になる、という話を聞いていた。何かあったときのために、一円でも多く貯金しておきたかったのだ。

「見た目よりも中身が大事なのかもしれない。でも、そこの次元とは別に、丁寧に仕立てられた誂《あつら》えの一着は、自分の自信にも繋がるのよ」

特に初対面の人に会うさいは、どうしても物怖《ものお》じしてしまう瞬間がある。そういう場面で、いい服は勇気を奮い立たせる材料になるのだという。

「高価な服はね、戦いにおける鎧《よろい》のような物なのよ。自分のチョイスが、生死を分けるの。それらを考えたら、セールで買った一着で挑もうとは思わないでしょう？」

「た、たしかにそうかも！」

どうして今まで気づかなかったのか。母のおかげで、大切なことを学んだ。

「それに第一印象は一生残るものだから、ここぞとばかりの一着を選びなさい」

すでに、長谷川係長のお母さんとは顔を合わせてしまった。その当時の私は髪はぼさぼさで、服装も部屋着だった。

もう取り返しなんて付かないのかもしれないが、婚約者として会うときくらい、きちんとした恰好でいたほうがいい。

「お母さん、私、デパートでお高い服を買う！」

「よく、覚悟を決めてくれたわ。お金については心配しないで。お父さんの夏のボーナス、わくわく一括払いにしておくから」

母がそう言うと、父から「おい！」という抗議の声があがった。

「可愛いひとり娘の結婚が決まったんだから、お祝いに一着くらいいいでしょう？」

母の一言で、父は押し黙る。小さな声で「十万円以下にしてくれ」と訴えていた。

そんなわけで、私は母と一緒にデパートに行き、レーススリーブのワンピースと服装に合う鞄、パンプスを購入した。お値段にして総額八万円ほど。

こういうのが一揃いあれば、演奏会やパーティーなどにも着ていけるという。

持っていて損はない一着だ。

このワンピースは私の自信を後押しするものとなるだろう。

服を選んでくれた母と、結婚祝いとして奮発してくれた父には感謝しないといけない。

今度、旅行でもプレゼントしよう、と心に決めたのだった。

◇　◇　◇

ようやくゴールデンウィークがやってきた。

長谷川係長と一緒に、空港に行ってご両親を迎えることとなる。

早起きしてシャワーを浴び、身なりを整えた。

化粧はいつも以上にしっかり施し、髪も丁寧に編み込んで後頭部でまとめる。強風が吹き荒れても髪が崩れないよう、いつもより多めにスプレーをかけておいた。

爪は何も塗っていないように見える、すっぴん風のベージュ系ネイルで仕上げる。

姿見の前に立って、何度も変なところがないか確認した。

「大丈夫、きっと大丈夫」

ジョージ・ハンクス七世が見守る中、私は何度も自分に暗示をかけるかのように唱えていた。

私より二時間遅れて長谷川係長は起きたようだ。

「遥香さん、今日はなんだかすてきな恰好をしているね」

「正臣君のご両親への挨拶なので、気合いを入れました」

「そっか、ありがとう。きっと、父と母は喜んでくれると思う」

「だといいのですが」

刻々と会う時間が迫るので、私の心臓も高鳴っていた。

「はあ、ドキドキします」

「構えなくても大丈夫だよ」

そうは言っても、大好きな男性《ひと》のご両親だ。可能であれば、気に入ってもらいたい、というのが本音である。

「そろそろ行こうか」

「はい」

ジョージ・ハンクス七世を鞄に入れると、指摘が入る。

「おい、遥香。スマホを忘れているぞ」

「わー、大変！」

身支度を頑張り過ぎるあまり、いろいろ抜けているようだ。

財布とハンカチ、化粧ポーチに替えのストッキング——忘れ物がないか今一度確認し、最後にスマホを入れる。

「これでよし!」

長谷川係長と共に、電車を乗り継いで羽田《はねだ》空港に向かったのだった。

ソワソワしつつ、到着口でご両親を待つ。

「少し遅いな」

「預けた鞄を回収しているのでしょうか?」

「いや、旅行鞄は事前にホテルに送ってあるって言っていたんだけれど」

電話をしてみようか、と長谷川係長は呟き、スマホを取り出す。

「あ、着信が二十件も入ってる」

「え!?」

すべて、長谷川係長のお母様からだという。

何かあったのか、と心配しているところに、長谷川係長のお母様が登場した。

こちらに気づくなり、カツカツと靴の踵《かかと》を鳴らしつつ、凄み顔でやってくる。

「ちょっと正臣、どうして電話に出ないのですか!」

「ごめん。サイレントモードにしていて、気づかなかった」

「んまあ! あなた、社会人になって何年目になるのかしら?」

口調が激しくなっていくので、親子の間に割って入り、挨拶をする。

「どうも、お久しぶりです」

「あら、あなた、もしかして遥香さん!?」

お母様は目を丸くし、私の全身を足元から頭のてっぺんまで確認する。

「そのワンピース、とってもすてきですね」

「ありがとうございます」

心の中で母と父に感謝する。やはり、服装は重要なのだ、と改めて思ってしまった。

「それはそうと母さん、父さんはどこ？　まさか、空港で行方不明になったの？」

お母様曰く、長谷川係長のお父様は迷子になる達人らしい。どこに行くにも、絶対に行方がわからなくなって、大捜索が始まるようだ。

「もしかして、電話をしていたのは、父さんを捜していたから？」

「いいえ、違います。あの人が来ていないことを先に伝えようと、連絡したのです」

「父さんが!?」

長谷川係長の言葉に、お母様はこくりと頷く。

「え、なんで？　どうして？　まさか、空港で行方不明になったから、そのまま置いて母さんだけやってきたの？」

「そんなわけないでしょう」

なんでも急に、飛行機に乗ることができなくなったらしい。

「搭乗する十分前に、常連のお客様から結婚式のタキシードの裾を破ってしまった、なんて連絡がきたものですから、早くお客様のもとへ行くように言ったのです」

私と会いたくなかったとか、気分が乗らなかったとか、そういう理由でなくてホッとした。

「結婚式はその人の人生でも、紳士服店においても、大切なものですからね」

お母様の言葉に、深々と頷いてしまった。

「そうか、父さんはいないのか……」

浅草観光をしたあと食事をする予定だったのだ。

「大丈夫。あの人がいないほうが、きっと楽しめますよ」

なんでも、お父様は旅行先でも毎度のごとく行方がわからなくなるらしく、長谷川係長とお母様で半日捜し回ったこともあるそうだ。

「父さん、スマホを持ち歩いているのに、家族の着信には気づかないんだよね」

「お客様の電話にはすぐに出るのですが」

わざとしているのではないか、とお母様は長年疑っているらしい。

「夫はもともと物静かな性格で、ひとりでいるのを好んでいるんです」

定期的に刺激を与えないと仕事に影響がでるらしく、お母様は時々家から連れ出しているのだとか。

「物作りの仕事は、何か完成させるごとに空っぽになるようです。納品後は抜け殻のようになっているので、外でリフレッシュさせないと次の仕事が手に付かないようで」

手のかかる夫だ、とお母様は困ったように話していた。

「正臣は長谷川家の仕事をやらせなくて正解でした。夫みたいな状態の人をふたりも、面倒見切れないので」

長谷川係長は手先が器用だったことから、呉服店を営む本家の人達から誘いを受けていたらしい。

「熱い要望を聞きすぎた反動で、呉服店でアルバイトをしていたんですよね？」

「そう。本当、一時期は酷かったから」

本家の跡取りが娘さんで、ふたりをいとこ婚させようという話も浮上していたらしい。

「なんでも本家の娘はかなり乗り気だったようですが、この子がまったく興味なくて」

京都で婚姻話がまとまらなくてよかった、と心の中で思ってしまった。

「母さん、そろそろ移動しようか」

「ああ、そうですね。ごめんなさい。あ、その前に、これを預かっていたのですが」

お母様は封筒に入った手紙を長谷川係長に差し出していた。

「これは――」

「お父さんからです。帰ってからひとりで読むように、と言っていました」

「そう」

けっこう分厚いお手紙である。長谷川係長は怪訝《けげん》な表情を浮かべつつ、胸ポケットにしまっていた。

「遥香さん、ごめん。行こう」

「はい」

お父様抜きで、これから浅草観光をするという。

「父さんのために組んだ予定だったけれど」

「私も浅草観光らしいことはした覚えがないので、楽しませていただきます」

そんなわけで、さっそく予約していたハイヤーで浅草を目指す。

「別に、電車でもよかったのでは？」

長谷川係長は話す気がないようなので、代わりに私が説明する。

「このハイヤー、これから行くレストランのサービスに含まれているんですよ」

「そうなのですね」

電車の移動が大変だろうから、と選んだのだ。なんだかんだ言ってハイヤーをお気に召してくれたようで、ホッと胸をなで下ろす。

まずはスカイツリーの展望デッキまで登って東京を一望し、地上三百四十五メートルにあるレストランで食事をする。

そのあと東京ソラマチでお買い物をし、浅草寺へ向かった。

「遥香さん、雷門の前で写真を撮りましょう」

「は、はい」

なんでも、お父様にお披露目したいらしい。人がいない頃合いを見て、長谷川係長に写真を撮ってもらう。撮影後、写真を見せてくれた。

「遥香さん、これ、もう一回写す？」

スマホには緊張してガチガチ状態の私が写っていた。お母様からも、写真の写りが悪いと言われてしまう。

「いいえ、お父様には、私の真なる姿を見ていただきましょう」

おそらく、何回撮りなおしても同じような写真になるだろう。過去の卒業アルバムを振り返りながら、間違いないと確信していた。

浅草寺でお参りし、仲見世《なかみせ》をぶらぶらする。

「正臣、揚げまんじゅうを食べてみたいです」

行列ができているので、気になったと言う。

「五分くらいかかるけれどいい？」

ない。

「ええ、もちろん」

私とお母様は邪魔にならないよう、道の脇に避《よ》けて長谷川係長を待つ。

「ねえ遥香さん。あなた、あの子のどこを好ましく思っているのですか？」

突然話を振られ、緊張が走る。お母様と会うのは三回目だが、まだまだ慣れそうにない。

それにしても、長谷川係長の好きなところを聞かれるなんて。このような話題になるとは、夢にも思っていなかった。

しどろもどろな口調で挙げてみる。

「なんでしょう……私のすべてを包み込んでくれる包容力と言いますか、とにかく優しいんです」

「それ、たぶん、世界であなただけに見せる一面ですよ」

京都時代の長谷川係長は、隙などなく、優しさも持ち合わせていなかったらしい。

「えっ、そうなんですか？　でも、長谷川さんは赴任してきたころから、みんなに優しかったですよ」

「あら、東京デビューしていましたか」

高校デビューみたいな意味合いだろうが、長谷川係長に使うと普通に芸能界デビューみたいに聞こえるのが不思議である。

「まあ、社会人になって、人並みの愛想というものを身に付けていたみたいですね」

私が知らない長谷川係長の話をもっと聞きたい。けれども行列に並ぶ彼が、お母様に「余計な話はするな」とばかりに、牽制の視線を向けているように思えてならなかった。

「他に、好きなところはあるのですか？」

だんだんと企業の面接を受けているような気がしてくる。思わず「御社のご子息は……」と口にしそうになってしまった。

「そ、そうですね……。長谷川さんといると落ち着くと言いますか、自分を偽らなくてもいいので、肩の力を抜いてお付き合いできるんです」

もうすでに素顔は見られてしまったし、ダサい寝間着やすっぴんもお披露目している。オシャレじゃないのに可愛いと褒めてくれるし、寝坊してお弁当を作れなくてもぜんぜん怒らない。

「長谷川さんと出会ってからはいろいろありまして、自分のさまざまな部分を取り繕う暇がなくて、常に素の状態だったんです。それでも、私を好きになってくれて……」

千年も前、私ははせの姫という長谷川家のお姫様で、長谷川係長は月光の君という大鬼だった。

時を経て生まれ変わった私達は邂逅《かいこう》し、前世でそうであったように両想いになる。

彼はさほど経たずに好意を向けてくれたのだが、それは前世が絡んでいるからだと決めつけていた。

けれどもそれは違った。長谷川係長は記憶喪失状態でも、私に好意を抱いてくれたのだ。

それからというもの、前世がはせの姫だから好きになってもらえたのだ、という考えは捨てた。

今を生きる私達だからこそ、強く引かれ合ったのだと思うようにしている。

なんて話までお母様に言えるわけがないのだが、私がどれだけ長谷川係長を大切に想っているかを伝えておく。

「なるほど。正臣はあなたから、深く愛されているのですね」

長谷川係長にはここまで言っていないのだが、誘導尋問されたように事細かく答えてしまった。

こちらに視線を向ける長谷川係長の表情が、だんだん険しくなっているのがわかる。

たぶん、何を話しているのか、と気にしているのだろう。

「それはそうと、あの子のことを長谷川さん、と呼んでいるのですか？」

「いえ、普段は、僭越《せんえつ》ながら、お名前で呼ばせていただいております」

まさかの質問に、思わず長谷川係長のほうを見てしまう。視線がバチンと合い、少し恥ずかしくなってしまった。

こちらの会話など聞かれていないのに、答えなくていいとばかりに首を横に振っている。

「私も長谷川ですので、できたら普段の呼び方で言ってほしいのですが」

「えっと、そう、ですよね」

「それで、なんと呼んでいるのですか？」

いずれバレてしまうのだ。今、告げておいたほうが、あとで楽になるだろう。

ありったけの勇気をかき集め、長谷川係長の呼び方を発表する。

「じ、実は、正臣君、と呼んでいます」

「ま、正臣君!?」

「はい、すみません」

なんて呼び方をしているのか、と怒られるかと思っていたが――お母様は楽しそうに笑い始めた。

「あの子、正臣君って、呼ばれているのね！　ふふふ、おかしい」

ここまで笑われるとは想定外である。額から汗がぶわっと吹き出ているような気がしてならない。

笑いのツボに入ったようで、お母様はしばらく笑いが止まらなかった。

最後は涙まで浮かべていた。

ようやく収まると、ゴホンと咳払《せきばら》いし、いつものキリリとした表情に戻る。

「いや、なんと言いますか、安心しました」

「安心、ですか？」

「ええ。私はあの子について、大きな勘違いをしていたようです」

いったい何を思っていたのか。聞くのが怖い。けれども長谷川係長を深く知るためにも、お母様が何を感じていたかについて把握しておいたほうがいいのだろう。意を決し、質問してみた。

「勘違いというのは、どういったものだったのですか？」

「正臣が何も知らない年若い女性を唆《そそのか》して、交際していたんだと思いこんでいました」

なんでもお母様には、私が大学を卒業したばかりの新入社員に見えていたらしい。

「日頃の鬱憤を晴らす目的で、手のかかる女性ではなく、従順そうな女性を選んで付き合っているのだと、信じて疑わなかったのです」

私と長谷川係長は、あまりにも見た目の釣り合いが取れていない。そのため、勘違いをしてしまったのだろう。

「あなたは素朴な女性で優しすぎました。だから、苛烈な一面を見せることがあったあの子と付き合っていたら、無理をさせてしまうのではないか、と考えていたのです」

交際を反対していた理由は、長谷川係長のためというよりも、私を思ってのことだったようだ。それに気づかずに、私はひとり傷ついていた。

「以前あなたと会ったあと、あの子から連絡があったのですが——正直、信じられませんでした」

長谷川係長はお母様に対して、いかに私を愛し、大切に想っているかを語ったのだと言う。

「一時間以上は一方的に正臣が喋っていたような気がします。思い返すと、息子の愛をひたすら聞かされるなんて、ゾッとしてしまいます」

でも、そこでお母様は長谷川係長の本気を知ったらしい。

「きっと反対しても、あの子はあなたと結婚すると確信していました。ただ、懸念だったのは、あなたについてです」

長谷川係長から無理矢理言い寄られ、断れずにプロポーズを受けた可能性がある。それを確認するため、お母様は東京まではるばるやってきたようだ。

「あなたと話していて、心配は取り越し苦労だということがわかりました。遥香さんも、あの子を深く愛してくれているのですね」

「はい」

ここで初めて、私とお母様は微笑み合えたような気がした。

お母様に対する緊張も、少し解れてきたような気がする。

ただ、ホッとしたのも束《つか》の間《ま》の話だった。

ふいに強い風が吹く。砂が舞い、目をギュッと閉じた。

『──我が巫女、やはり、お主がいなくては！』

「え!?」

聞き慣れた声が耳元で聞こえ、思わず瞼《まぶた》を開く。

目の前にいたのは、ふかふか、もふもふの九尾の子狐。

「き、九尾神!?」

『そうだ！』

「ど、どうしてここに!?」

『お主を迎えにやってきたぞ！』

九尾神が胸に飛び込んできた瞬間、視界がくるりと一回転する。

「遥香さん!!」

長谷川係長がこちらへ駆けてくる様子が見えた。彼がいるほうへ手を伸ばした瞬間、目の前が真っ暗になる。

気付くと、仲見世通りにいたはずなのに、一瞬にして周囲の景色が変わっていた。

「え、嘘……。ここはどこ？」

二十畳ほどの部屋に倒れた状態で目覚めた。

雪洞《ぼんぼり》に囲まれた祭壇があり、そこに鎮座していたのは九尾神である。その隣には白綿神がいて、困惑の表情を浮かべているように見えた。

ジョージ・ハンクス七世がいつの間にか、私の肩にしがみついているのに気づく。

ここにやってくる寸前に、鞄から飛び出してきたのか。気を失っているみたいだが、撫でるとモゾモゾと動き始めた。

「え、待って。いったいどういうことなの!?」

『ここは我の本拠地、〝九尾社〟ぞ！』

「九尾社……!?」

それは永野家が浅草の町に用意した、九尾神を祀るための祭壇が置かれた物件だ。

『遥香よ、よくやってきたな！』

九尾神はまるで私が自らやってきたような物言いをする。念のため、はっきりさせておかなくては。

「九尾神、あなたが私を強制的に飛ばしてきたんでしょう？」

『まあ、そうとも言うな！』

どうやら仲見世通りから九尾社まで、九尾神が瞬間移動みたいな異能で連れてきたようだ。

「いったいどうして——？」

そう問いかけた瞬間、背後から声が聞こえた。

「う……ん」

振り返った先にいた人物を見て、思わずギョッとしてしまう。

声の主はお母様だった。

「な、なんでお母様まで⁉」

『あー、遥香だけでなく、鬼婆《おにばば》も連れてきてしまったかー』

慌てて起き上がり、お母様に声をかけた。

「お母様!!　大丈夫ですか⁉」

「うう……叫ばないでください。耳に、響きます」

意識は朦朧《もうろう》としているようだが、言葉ははっきりしている。

『それにしても、遥香、お主にはいつも驚かされる。ここに馴染《なじ》むように、体が動かぬよう呪《まじな》いをかけておったのに、すぐ起き上がるとは』

ジョージ・ハンクス七世とお母様の意識が曖昧なのは、九尾神の呪いのせいだった。

九尾神曰く、あと五分もしないうちに覚醒するようだが……。

「九尾神、どうして私をここに連れてきたの？　一郎伯父さん達から丁重に祀られていたはずでしょう？」

『ふむ、そうだな。正臣の家にいた頃よりも、丁寧に扱われていたような気がする。毎日鮑や伊勢エビなどの高級食材を使った料理が用意され、お腹いっぱい食べることができた』

九尾社に来てから十日ほど、不自由のない生活を送っていたようである。

『テレビは有料チャンネルをいつでも見放題だし、ネットも繋がっていて、世界中のライブ配信も見放題。ゲームも全種類あって、本もたくさん並んでいた。夜更かししていても、遥香や正臣のように怒らない、夢のような場所だ。ただ、つまらなくなった！』

「つまらない？」

『そうだ。お主の伯父だという一郎は本当につまらない男で、遥香に会いたいと言っているのに、会う必要のない人間だと言い切ったのだ』

一郎伯父さんは九尾神の前で、私の悪口をさんざん言ってくれたらしい。

『陰陽師として未熟だとか、やることなすこと甘すぎるとか、遥香のことをよく知らないのに、好き勝手にまくし立てるのを聞いているうちに腹が立って――』

「ま、まさか!?」

『仕方がなかったのだ』

危害を加えたのではないか、と背筋が凍り付いてしまう。

「九尾神、一郎伯父さんに何をしたの!?」

『ここから追放した。奴は二度と九尾社へ足を踏み入れることはできない』

「あ、そう、だったんだ」

てっきりケガでもさせたのではないか、と思ったが誤解だったようだ。

『なんだ、その安堵したような表情は』

「いや、えっと、なんていうか、九尾神が一郎伯父さんを攻撃したのかと勘違いしていたから」

『暴力的なことはするな、と申したのは遥香だっただろうが』

「そうだったね」

神様相手にいろいろ物申すのはどうかと思ったが、きちんと指導しておいて正解だったようだ。

『他の永野家の者達も、立ち入りを禁止している。ここにいてもいいのは、遥香、お主だけだ』

「へ!?」

『一生、ここで我と楽しく過ごそうぞ！』

「そ、そんな!!」

ふいに、九尾神の目付きが鋭くなる。視線の先にいたのは、お母様だった。ここで、お母様の意識がはっきり戻ったようだ。大丈夫かと確認すると、こくりと頷く。

『そして、そこの鬼婆は外に追放する！　いや、追放だけでは生ぬるいな。鬼婆は遥香をいじめた。だから浅草からぴゅーっと飛ばして、余所の国に送るくらいしないと、気が済まないな』

「ちょっ、待って!!」

九尾神に睨まれたお母様は、ガタガタ震えていた。

無理もないだろう。彼女は陰陽師ではなく、一般家庭の出身で、九尾神みたいな神様を見るのも初めてだろうから。

「お母様は私の大切な人なの！　いろいろ誤解があったけれど、今はとっても仲良しだから！」

『むう、そうなのか？』

こくこく頷くと、九尾神は『は――』とため息をつく。

『余計な鬼婆まで連れてきてしまったな。遥香だけを招待する予定だったんだが』

私のせいで、お母様まで巻き込んでしまったわけである。

腕の中に抱きしめた彼女は、まだ震えていた。九尾神が恐ろしいのだろう。

『正臣が迫ってきたから、焦ったのだ。あの男さえいなければ、遥香だけ転移させていたのに、手元が狂ってしまった！』

そうだ。仲見世通りに取り残された長谷川係長は、私達の姿が突然消えて驚いただろう。なんとか連絡を取れないものか。

「あの、九尾神、少し心の整理をしたいから、お母様とふたりっきりにしてくれる？」

『ん？　まあ、いいだろう』

九尾神は祭壇から白綿神を茶碗ごと手に取り、姿を消す。

今がチャンスだ、とばかりに視界の端にあった鞄を急いで引き寄せた。

スマホを取り出して画面を開いたが、圏外のマークが表示されていた。

「嘘、どうして？」

再起動しても、結果は同じ。おそらく、九尾神の結界が外部との連絡を阻んでいるのだろう。

鞄の中にあるのは、お財布と化粧ポーチ、飴玉、チョコレート、昨日作った甘味祓《かんみばら》い用のクッキー、替えのストッキング、ペンとメモ帳、呪符や人形《ひとがた》の束。それから、もしものときのためにと持ち歩いていた、義彦叔父さんから譲り受けた呪術の媒体、マジカル・シューティングスターのみである。

これだけでいったい何ができるのか……。

お母様は大丈夫だろうか。声をかけるとゆっくり起き上がり、キョロキョロと辺りを見回している。

「あの、お母様、具合は悪くないですか？」

「ええ、平気です。私は、不思議な力で、ここに連れてこられたのですね」

「そのようです。申し訳ありません」

平謝りしているところに、襖《ふすま》が勢いよく開いた。

『遥香、もういいか？』

「び、びっくりした！」

まさかこんなに早く戻ってくるとは。ドキドキする私の膝に、九尾神は跳び乗る。

『遥香、これはお前の手作りクッキーか？』

九尾神は甘味祓いを施したクッキーを、肉球でぽんぽん叩く。緊急用に持ち歩いていたのだが、ここでハッと気づく。

もしかしたら、九尾神がこのような行動に出たのは、浅草の町を邪気から守った悪影響があるのかもしれない。

甘味祓いが成功したら、ここから出してくれる可能性が浮上した。

「ねえ九尾神、クッキー、いる？」

『いいのか？』

「もちろん。ぜんぶ食べていいよ」

『やったー！』

九尾神はクッキーをパクパク食べ始める。あっという間に完食してしまった。

これだけ食べたら、邪気も祓えるはず。

「あの、九尾神、マンションに戻ったら、もっとたくさんあるよ？」

『ダメだ！　家には帰さん！』

その言葉を聞いた瞬間、がっくりとうな垂れてしまう。甘味祓いも効果がないようだ。九尾神が私を誘拐したのは、邪気の影響ではない、とわかっただけでもいいのか。

「九尾神、もう少しだけお母様とふたりっきりにしてくれる？」

『仕方がない奴だな。もう少しだけだぞ』

「ありがとう」

私の落胆っぷりから、お母様は先ほどのクッキーがただのお菓子でないことに気づいたらしい。甘味祓いについて説明すると、感嘆の声をあげていた。

「お菓子で邪気を祓うなんて、画期的ですね。よく思いつきました」

「怪異を倒さずに邪気だけ無くすなんておかしい、と周囲から言われていたのですが」

「そんなことありませんよ。人間にも善き存在と悪《あ》しき存在がいるように、怪異もすべてが悪、というわけではないでしょうから」

私がきちんと見極め、怪異と向き合っていたことを理解してくれたようだ。

長年の頑張りが報われた気がして、感極まってしまう。

お母様とこのようにわかり合えたのが、強制的に連れてこられた九尾社であるのが悲しい点だったが……。

それにしても気丈に振る舞っているが、内心ショックを受けているだろう。お母様の顔を覗き込んだ瞬間、ガシッと手を握られた。

「遥香さん!!」

「は、はい」

「ありがとう」

「どういたしまして——え!?」

なぜ、この状況でお礼を言われているのか、欠片《かけら》も理解できなかった。

顔をあげたお母様の表情は、キラキラに輝いていた。

「私、学生時代からオカルト系の研究部に所属していて、怪奇現象について調べるのが大好きだったのです！」

「は、はあ」

「でも、私自身、霊感とかまったくなくて、不思議な現象を目にすることなんて、一生ないと思っていました」

そんなお母様のもとに訪れた、怪奇現象。突然神様に連れ去られてしまったのだ。さらに、私の陰陽師としての活動を聞き、胸が躍ったらしい。

「どれもドキドキするお話でした！」

「いや、でも、ここから早く脱出しませんと」

「しかしあの狐の子は、自由に出入りできないと言っていましたよね？」

そうだった。この九尾社の内部は、外部との連絡が絶たれ、行き来が不可能となっているのだ。

だからと言って、ここでのんびりするわけにはいかない。

意識が戻らないジョージ・ハンクス七世を鞄に詰め込み、お母様の手を取って立ち上がる。

襖の向こう側は廊下だったが、その先にある掃きだし窓の外は、ぼんやりとした霧が広がっていた。

九尾社は浅草の町に建てられていたはずなのに、景色がまったく異なっていたのだ。

掃きだし窓を解錠し、そっと開いた。

外から冷気が流れ込み、鳥肌が立ってしまう。寒いだけでなく、何か嫌な予感を覚えてしまった。

この霧の向こう側は、浅草の町に繋がっているのだろうか。

なんとなく怪しいと思い、髪に挿していたヘアピンを一本抜いて霧のほうへ投げてみた。

すると、ドーン！　と大きな音が鳴り響き、思わず耳を塞いだ。どこからともなく雷が落ちてきて、大地を大きくえぐったのだ。

もしもここから逃げていたら、雷に打たれていたのは私自身だっただろう。

ここから脱出できないことは、よくわかった。お母様を振り返り、震える声で事情を伝える。

「お、お母様……。おそらく、ここからの脱出は不可能かと」

さすがのお母様も、落雷を前にしたら言葉をなくしてしまったようだ。

大人しくしておいたほうがいいだろう。そう判断し、私はお母様と共に座布団に腰を下ろす。

「えーっと、なんと申していいのやら……」

袋小路に放り込まれ、解決策が浮かばず、途方に暮れてしまう。

お母様は大丈夫なのか？　ショックを受けているかと思いきや、お母様の瞳はらんらんとしていた。

「家の中に閉じ込められるなんて、まるでホラー映画のようです！」

「そ、そうでしたか」

お母様にとっては、念願の怪奇現象らしい。九尾神を目撃できただけでなく、建物からの脱出も困難だという状況に、期待が高まっているようだ。

「実は、鬼である夫と結婚したのも、怪奇現象を目にできるのではないか、と期待したからでした」

まさかの理由に、目を剝きそうになってしまった。

お母様はお父様との馴《な》れ初《そ》めについて話し始める。

「夫とは友人の紹介でお見合いをしたのですが、夫は最初、結婚にはまったく乗り気ではありませんでした」

結婚なんて早く断ったほうがいい、と本人から助言される始末だったと言う。

それでも数年もの間、交際は続けていたらしい。

「酷いですよね。私のことは大好きなのに、結婚は絶対に無理だと主張するものですから、あまりにも腹が立ったので、意地でも交際を続けました」

どうしても別れてほしかったお父様は、最終手段に出る。長谷川にまつわる秘密を、お母様に告げたようだ。

「自分は鬼の血を引いていて、ときおり強い破壊衝動を感じる瞬間があり、結婚は難しい、と夫ははっきり申しました」

ただ、告白はお母様にとって逆効果となったらしい。

「鬼の血を引いている男性を好きになるなんて、奇跡のようだと思いました。何がなんでも結婚すると言葉を返したさいの、夫の呆然《ぼうぜん》とした表情は一生忘れません」

本人にいくら訴えても結婚できないと悟ったお母様は、外堀をせっせと埋める工作から始めた。

「夫の両親に勝手に挨拶に行き、長谷川家が鬼の一族である事実に関して、きちんと理解していると伝えたら、結婚を許してくださいました」

お父様抜きで結婚の話を進め、本人が逃げられない状態まで追い込んだ。

「夫は休みの日に親族一同から捕獲され、そのまま結婚式に連れ出されたわけです」

「そ、そんな経緯があったのですね」

本当に大変だったと、お母様は切ない表情で話していた。

「結婚生活は、荒ぶる夫を落ち着かせたり、鬼に変化した夫に恐怖したり――なんて生活を夢見ていました」

しかしながら、現実は穏やかな毎日だったようだ。

「夫の破壊衝動なんて一度も見ておりませんし、鬼の片鱗《へんりん》も見せません。ただの大人しい、迷子になってばかりの夫です」

ただ、邪気の影響は長谷川係長よりも受けやすいようで、外に出るとすぐに具合が悪くなるらしい。

そうなると我慢できなくなって、その場から離れようと走り出すため、迷子になってしまうようだ。

「とてつもなく手のかかる夫でしたが、幸せな結婚生活ですよ。怪奇現象が起きなかったこと以外は、満足していました」

この前、浅草で集まった同窓会も心霊サークルのメンバーの集まりだった、なんて話を聞いていたのを思い出す。

「私以外は霊感があるようなのですが、皆、浅草の町の異変に気づいていたようです」

邪気の影響で、次々と吐き気や目眩《めまい》を覚える中、お母様のみケロッとしていた。

「あなたが渡してくれた数珠のおかげだと、メンバーのひとりが言っていて、驚きました」

「あれは、九尾神から貰ったものだったんです」

「まあ、そうだったのですね。神様から賜った物を、よく預けてくれましたね」

「お母様が心配でしたので」

そう答えると、お母様は私をぎゅっと抱きしめてくれた。

「あなたは優しい娘《こ》ですね。正臣にはもったいないです」

「いえいえ、逆ですよ！」

「そんなことありません」

お母様の温《ぬく》もりを感じていたら、心がだんだん落ち着いてくる。不安な気持ちが薄くなっているようだ。

「お母様、すみません。こんなことに巻き込んでしまって」

「大丈夫ですよ。私達が連れ去られた場面はあの子が見ていましたから、きっと助けてくれるはずです」

「ええ……」

まずはここで大人しく過ごすしかないのだろう。

そのとき、ジョージ・ハンクス七世が目覚めた。

『うっ、遥香、ここはどこだ？』

「九尾社みたい。強制的に連れてこられたの」

『な、なんだと!?』

突然鞄からひょっこり顔を覗かせた喋るハムスターを前に、お母様は驚いている様子だった。

「なっ、この生き物はなんですか？」

「えーっと、こちらのハムスターは私と契約している式神で、名前はジョージ・ハンクス七世と言います」

ジョージ・ハンクス七世が小さな手を差し出したので、お母様は戸惑う様子を見せつつも、指先でそっとその手を摘まむ。

『何かあったら頼ってくれ』

「え、ええ、よろしくお願いします」

挨拶が済んだところで、九尾神が戻ってきた。

『遥香、そろそろいいか？』

「うん、もういいよ」

『やった！』

白綿神を抱えた九尾神が、私の胸元へ飛び込んでくる。

『あー、やっぱり遥香がいると落ち着く』

どうしてこうなってしまったのか。思わず天井を仰ぐ。

長谷川係長、早く助けに来て、と強く願ってしまった。

挿話　長谷川正臣の焦燥

去年の初夏辺りから交際を続けている女性、遥香さんとの結婚を決意したのはいつだったか。

もしかしたら、交際を申し込むより先に結婚したい、と願っていたかもしれない。

付き合い始めてからも何度か結婚しようか、と言っていたのだが、そのたびに遥香さんには話をはぐらかされてしまっていた。

鬼と陰陽師の夫婦なんて前代未聞で、過去に例はない。

遥香さんはきっと、結婚なんて冗談だとどこかで思っていたのだろう。

彼女が今、そう考えているのならばそれでもいい。

結婚は十年後でも、二十年後でも、気持ちの整理がつくまで待つつもりだった。

けれども、その覚悟が続いていたのは、九尾神が現れるまでだった。

邪悪な怪異だった九尾狐を、遥香さんはいとも簡単に神様にした。

九尾狐ですらも、彼女は懐柔してしまうのだ。

それ自体は問題ない。九尾狐を封じられる陰陽師なんて、現代にはいないだろうから。神様にして祀っていたほうが、扱いやすいだろう。

懸念点は九尾神が遥香さんへの執着をちらつかせていたことだった。

今はまだ可愛いものだが、年数を重ねると、九尾神の固執は強くなっていくのでは、と心配になった。

食べ物に対する偏執も感じていたが、それは遥香さんが作る料理ありきだったように思える。

この先、九尾神は遥香さんを囚《とら》え、どこかに閉じ込めてしまうという事態も起こり得るのではないか。そんな不安を覚えていた。

一刻も早く婚姻を結び、遥香さんは九尾神が独占していい存在ではない、と示さないといけない。

夫婦になったからといって、神様である九尾神への威圧行為にはならない気もするが、夫として彼女と共に生きる権利を強く主張できるだろう。

九尾神以外にも、彼女に近付く者達へ遠回しに牽制するのも疲れてきた。

あらゆる魔の手から遥香さんを守るためにも、結婚しなければならない。

ただ今すぐに、というのは難しい。

遥香さん側の準備もあるだろうし、仕事の関係もある。

仕事よりも遥香さんのほうが当然大事だが、彼女に苦労をさせないためには、財力も大事だった。

九尾神を警戒しつつ、来年の春辺りには結婚したい。

何度もプロポーズの機会を窺い、結婚を申し込むことができた。

こちらの真剣さが伝わっていたからか、遥香さんはついに頷いてくれたのだ。

九尾神に向けた牽制への、大きな一歩である。

あとは、マンションにある祭壇をどうにかしたい。もともと仮設置の予定だったのに、ずるずると数ヶ月も放置されていた。

今さら拠点を別にすると言っても、九尾神は遥香さんがいない場所での暮らしを嫌がるだろう。

執着が強くなる前に、手を打っていかなければならない。

遥香さんに相談するか迷った。けれども彼女は、九尾神が拒否したら、しばらくそのままでもいいのではないか、と言いかねない。

申し訳ない気持ちはあったものの、勝手に行動させてもらう。

まず、遥香さんの父親と連絡を取り、本家へ連絡できるよう繋いでもらった。

応じてくれたのは、遥香さんの伯父、永野一郎氏だった。

なんでも、本家側も九尾神を早く引き取りたいと考えていたらしい。けれども、どういうふうに祀ったらいいものか、悩んでいたようだ。

ここで、少しだけ助言をした。

九尾神はどうしようもないくらいの美食家である。

遥香さんの芸能人の叔母から譲り受けた高級なメロンやハムなどを、喜んで食べていた。

一度本家に招待し、接待でもしたらどうか、と提案したのである。

結果、九尾神は本家のもてなしを大層気に入り、拠点を移すことを決意してくれたらしい。

これで、九尾神はここからいなくなる。

遥香さんは寂しがるだろうが、そう感じるのも一時的なものだろう。

計画通り九尾神は高級食材につられ、マンションから出て行った。

その後も一郎氏から連絡があったが、真面目に神様業をしているらしい。

食費は大丈夫なのか、と心配だったが、本家の人々は裕福な暮らしをしており、まったく問題ないと言う。

浅草の町にも、そして我が家にも、平和が訪れたというわけだ。

それから両親を説得したり、遥香さんの父親と飲みに行ったり、仕事の引き継ぎに奔走したり、新しい部署で必要な資格を取ったり、と忙しい日々を過ごしていく。

目が回るような思いをする瞬間もあった。けれども遥香さんとの幸せな将来のためには大切なことなので、ぜんぜん苦ではなかったのだ。

そして、ついにゴールデンウィークを迎え、両親が揃って東京にやってくる。

遥香さんは結婚を認めてもらえるのか心配していた。

母はなんだかんだ言って、遥香さんを気に入っている。人見知りをする父もきっと、遥香さんに心を開いてくれるだろう。そう信じて疑わなかったのに、空港に父の姿がなかった。

そのときからどうしてか妙な動悸《どうき》に苛《さいな》まれるのと同時に、嫌な予感がしていた。

母を連れ、浅草観光をする。スカイツリーの見学から始まり、食事と買い物、と順調に進んでいった。

時間が経つにつれて、母と遥香さんは仲を深めているように思える。

母は遥香さんの母親のように気さくな女性ではない。気持ちはなんでも口にするし、言葉遣いもきつい。それなのに、遥香さんは臆することなく接する。

浅草寺へ行く頃には、ぴったり寄り添って本当の母娘のような後ろ姿を見せてくれていた。

思いのほか、母は浅草観光を楽しんでいた。途中で揚げまんじゅうが食べたいと言うので、行列に並ぶ。

その間、遥香さんと母はふたりっきりとなった。何か話しているようだが、離れているので会話の内容なんて聞こえない。

遥香さんは赤くなったり、困惑の表情を浮かべたり、笑ったりと、母とずいぶん打ち解けたような雰囲気だった。

母はもう、反対なんてしないだろう。

遥香さんとの間に、千年前のような障害なんてないのだ。

心配など必要はないのに胸騒ぎがする。

いったいどうして？

遥香さんの手を握ったら、安心できるだろうか。母はいるが、少し手が冷えたと言ったら、温めてくれるだろう。

注文口に辿《たど》り着くまであとひとり。焦る気持ちを抑えていると、そこにいるはずのない存在《もの》が、遥香さんの前に現れた。

——九尾神である。

マンションを去ってから十日ほど経っていたが、遥香さんに会いたくなったのだろうか。

それだけだったらいいのだが。

どくん！　と鼓動が大きくなり、全身に鳥肌が立つ。

これは虫の知らせだ。即座にそう判断し、彼女のもとへ駆け寄る。

一度、九尾神が振り返って、こちらを見ながらニヤリと笑ったように見えた。

間違いない。『危機』の訪れだ。

遥香さんの名を叫び、手を伸ばした瞬間、眩《まばゆ》い光が放たれる。

目を閉じずに駆けたのに、彼女がいた場所には誰もいなかった。

遥香さんが姿を消した瞬間、周囲の景色が色あせたような気がした。

頭の中がぐちゃぐちゃで、気持ちの整理がつかない。

スマホで連絡したが繋がらなかった。

「兄ちゃん、大丈夫か？」

近くにあった店舗の店主が、声をかけてくれる。なんでも、五分ほど呆然としていたらしい。

「あ、あの、ここにいた女性は？」

「あー、誰かいたかなー？　兄ちゃんは他のお客さんがちらちら見ていたから、気になったんだよ」

「すみません、ご迷惑をかけてしまい」

ここで母の姿もないことに気づいた。まさか、一緒に連れて行かれたというのか。

遥香さん同様、母の電話も通じなかった。

もしかしたらマンションに戻っているかもしれない。急いで帰宅する。

しかしながら、部屋に遥香さんや母、九尾神の姿はなかった。

ならば、行き先はひとつしかない。永野家が用意した九尾社だ。

住所については以前、一郎氏から聞いていた。ここから十五分ほど歩いた先にある。

急いで九尾社を目指したものの、想定していた場所に行き着かない。

同じ場所をぐるぐる回っているような感覚を覚え、はたと気づく。

集中し、周囲を探ってみると、辺り一帯に張り巡らされた結界の気配を感じた。

おそらく、外部の人間が近づけないようにしているのだろう。

狐につままれたような状況に苛立《いらだ》つ。

結界は浅草の町と結びついているだけでなく、人々の邪気を集めて作っているようだ。無理に壊したら邪気が浅草中に放出され、土地だけでなく、ここで暮らす人達にも悪影響が及ぶだろう。

これでは簡単に手を出せない。

九尾神の根底的な部分は、やはり邪悪なのだ。

あの時、なんとしてでも九尾神を倒すべきだったのだ。自分自身の甘さが、今の窮地を招いたというわけである。

絶対に許さない。そんな感情が湧き出てきたのと同時に、周囲に邪気が漂うのが見えてきた。

自分の中からこのように大量の邪気が発せられてしまったのは、生まれて初めてである。

邪気が全身に絡みつき、じわじわと力が湧いてくる。

耳元で、九尾神を今すぐ殺せ、という声が聞こえてきた。

すぐにでも遥香さんを連れ帰らなければならない。

今ならば、殴っただけで結界なんて壊せそうだ。

ぎゅっと拳を握った瞬間、手のひらにチリッと痛みが走る。

邪気がまとわりついた指先に、鬼のような鋭い爪が生えていたのだ。

額に触れると、二本の角が突き出している。

無意識のうちに怒りが制御できなくなり、鬼と化していたようだ。

今にも飛び出していきそうになるが、ぐっと己の力を抑え込む。

強い怒りが破壊衝動となり、それに抗《あらが》っていたら立っていられなくなった。

赦《ゆる》さない、絶対に赦さない!!

九尾神への憎しみが、マグマのようにふつふつと沸き上がっていた。

今すぐ助けにいかなくては。そう思った瞬間、遥香さんへ伝えた言葉がふいに甦る。

――もう二度と、我を失って鬼に支配させない。だから、何かあったら、ぜんぶ俺に話してほしい。

そうだった。

彼女の前で誓ったはずなのに、約束を守れていなかった。

このまま鬼の姿で助けに行っても、遥香さんから拒絶されるだけだ。

差し伸べた手を、取ってもらえないかもしれない。

怒りを静め、人間の姿にならなければいけないだろう。正直、これまでは自分の力だけで戻った覚えなんてなかった。

鬼の姿になったときは、遥香さんが戻してくれたのだ。

激しい怒りは、いまだ腹の中で渦巻いている。こうして自分の気持ちを押しとどめ、この場に止《とど》まっているだけでも大きな成長だろう。

もう、自分は千年前の大鬼とは違う。力で何もかも解決できるとは思っていない。

はせの姫と月光の君はふたりっきりで孤立していたが、俺達は今を生きている。

遥香さんを大切に想う人達が大勢いるのだ。

きっと彼らの手を借りたら、救出できるはず。

息を吸って、渦巻く怒りを息とともに吐き出す。

焦らなくてもいい。九尾神は遥香さんに危害を加えるわけではないから、万全を尽くして助けにいけばいいのだ。

その場に蹲《うずくま》って何度か呼吸を繰り返していると、鋭い爪が消えていく。額の角もなくなっていた。

息を整え、立ち上がる。自分でも驚くほど、冷静さを取り戻していた。

まずは、遥香さんのご両親に相談しよう。

遥香さんを救出するため、作戦を練らなければ。

空を仰ぎ、九尾神に連れ去られた彼女を想う。

かならず助けると心の中で誓い、一番の味方であるご両親と連絡を取ったのだった。

第三章

どうやら攫われてしまったようです（※ただし、三食昼寝つき）

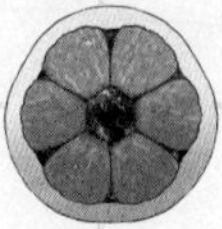

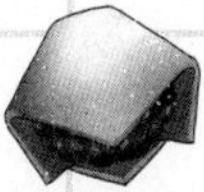

楽しい楽しいゴールデンウィーク一日目を過ごしていたのに、九尾神に攫われてしまった。

スマホは通じないし、外に出ようものならば雷が落ちてくる。

さらに最悪なことに、お母様までも巻き込んでしまった。

オカルトマニア（？）なお母様は興奮していたが、怪奇現象を喜んでいる場合ではないだろう。

なんとかしてここから脱出しなければならない。いったいどうすれば——と考えているところに、九尾神が戻ってくる。

『もう、心の整理は充分だな？』

「いや、まだぜんぜん整っていなくて」

『そうなのか？　まあ、いい。まずは鬼婆をどこかに飛ばそうか』

「待って!!」

お母様をギュッと抱きしめ、九尾神が転移させないよう妨害する。

『どうした？　鬼婆はここでの暮らしに必要ないのだが』

「わ、私が必要なの！　お母様がいないと、寂しいから！」

『ふうむ。本当にその鬼婆と仲良くなったのだな』

「ええ！」

九尾神がお母様を長谷川係長のもとへきちんと送ってくれたらいいのだが、いまいち信用できない。

海外にでも飛ばされたら、大変なことになる。今は私の傍にいるほうが安全だろう。

「九尾神、私をここに連れてきた目的は？」

つまらなかった、というざっくりとした理由は聞いていたが、もっと具体的な話を把握したかったのだ。

『別に、遥香はここにいるだけでよい。まあ、たまに料理を作ってほしいな、とは思うが』

「料理はたまに、でいいの？」

『よい！　お腹が空《す》いたら、我が買いに行くからな！』

九尾神はくるんと一回転すると、一郎伯父さんの姿へ変化した。

「な、なんで一郎伯父さん!?」

『一郎が、外出するときは、この姿で出かけるように言ったのだ』

なんでも一度、幼少期の長谷川係長の姿で食事を買いに行こうとしたらしい。けれども、夜の町をひとりで歩いていたからか、警察に保護されてしまったようだ。

『派出所で一郎の名を叫び、やっとのことで迎えにきてもらったのだ。あの日は本当に大変だった』

九尾神はすでに、とんでもない事件を起こしていた。

「どうして買い物を永野家の人達に頼まなかったの？」

『我も、〝ていくあうと〟とやらをしてみたくなったのだ』

「テ、テイクアウト？」

『そうだ！　夕方の番組で、今、〝ていくあうと〟が流行っていると、特集していた』

ここは結界内で外部からの出入りを遮断していて、スマホも繋がらない。それなのに、テレビはしっかり視聴できるという。九尾神に優しい世界というわけだ。

『遥香！　今日は歓迎の印として、好きな食べ物を〝ていくあうと〟してきてやろう！』

ここで、ピンと閃く。九尾神がいない間に、脱出ができないものか。

「だったら、いつも通っているスーパーの近くにある、和食屋さんのお弁当を買ってきてくれる？」

そこは九尾神も行ったことがあるので、すぐにわかるだろう。

『ああ、あの店か。お安い御用だ！』

私が指定した和食屋さんは、大人気で毎日長蛇の列をなしている。いい時間稼ぎができるだろう。

「そういえば、お金はどうしているの？」

『電子マネーを一郎が用意してくれているぞ！』

「へー、一郎伯父さん、親切だね」

九尾神は一郎伯父さんの姿で、屈伸を始める。

『人間の体は動かしておかないと、すぐ転んでしまうのだ』

以前、一郎伯父さんの姿でコンビニに行ったとき、雨が降っていたせいで、盛大に転倒してしまったらしい。

『泥だらけになりながら買ったおにぎりは、いつもよりしょっぱい気がした……』

「き、気を付けて行ってきてね」

『もちろんだ！』

玄関まで見送った。九尾神は元気よく扉を開けたが、外は深い霧だった。

九尾神が一歩足を踏みだした瞬間、姿が見えなくなってしまう。

本当にここから脱出できるのだろうか。ゾッとしてしまった。

祭壇があった部屋に戻ると、白綿神がいるのに気づいた。

『ごめん……ごめん……！』

白綿神は涙をポロポロ流しながら、謝罪している。

「ど、どうして謝るの？」

『九尾神、止められなかった』

それに関しては、白綿神に罪はない。白綿神が依《よ》り代《しろ》としている昭和レトロな茶碗を手に取り、ぎゅっと抱きしめる。

「白綿神は何も悪くないよ。自分を責めないで」

『でも、でも……』

「大丈夫。きっと、これからいい方向に向かうから」

悪いことを口にすると、そちらへ引っ張られてしまう。なるべくポジティブな言葉だけを言って、どうにか状況を打開したい。

おそらく、長谷川係長が私達の行方を捜してくれているだろう。

怒りに支配され、鬼化していないか心配ではあるが……。

でも、長谷川係長は、我を忘れて鬼にならないと約束してくれたのだ。今はそれを信じるしかない。

ここで大人しく待っているのも性に合わないので、脱出方法を探りたい。

「白綿神、ここから出る方法を知っている？」

『ごめん、わからない』

「そうだよね」

　ジョージ・ハンクス七世は私のスマホに電波が届かないか、本体を持ち上げて家中を歩き回っていたようだ。

「ジョージ・ハンクス七世、どう？」

『ぜんぜんダメだ！　この家、テレビは受信するくせに、スマホはどこに行っても繋がらない！』

　どうすればいいのか。頭を抱えてしまった。八方ふさがりだ、と口にしようとした瞬間、お母様がまさかの情報を教えてくれる。

「オカルト物のセオリーでは、結界を作るための仕掛けがあるはずです」

「仕掛け、ですか？」

「ええ。西洋魔術であれば魔法陣、東洋魔術であれば祈禱《きとう》など、何かあるでしょう」

　たしかに、丑《うし》の刻《こく》参りには藁人形《わらにんぎょう》と金槌《かなづち》、呪いたい相手の体の一部が必要だし、陰陽術には媒体となる呪符や人形が必需である。

　結界も術式がないと展開できない。

「さすがお母様です!!」

「オカルト物の書籍や映画を嗜んでおりますので、これくらい朝飯前でしてよ」

　白綿神に、この家のどこかに儀式用に使っている部屋はないか尋ねてみる。

『う——ん、儀式の部屋、はないけれど、ごちゃついた物置ならある』

そこは家の中で唯一、一郎伯父さんから立ち入りを禁止されている部屋らしい。

「九尾神じゃなくて、一郎伯父さんが立ち入りを禁じているの？」

『そう！』

「明らかに怪しいな」

『物置、調べてみる？』

「もちろん」

白綿神の案内で、物置部屋を目指す。

本家が用意したこの家は、純和風の造りになっているようだ。どの部屋も畳部屋で、二階に繋がる階段も確認できた。

『ここが、そう』

襖が出入り口となった部屋の中で、唯一の洋風扉である。

侵入者避けの術式などはかかっていないようなので、ドアノブに手をかけた。

しかしながら、ガチャリと音がするばかりで、扉は開かない。どうやら施錠されている。

「まさか、施錠というまっとうな侵入者避けをしていたなんて！」

これから鍵探しをしないといけないのか、と思いきや、お母様が驚きの一言を口にした。

「この鍵ならば、解錠できます」

「え!?　お母様、ピッキングができるのですか？」

「ええ、少しですが」

「ど、どうしてそのような技術をお持ちなのですか？」

「夫がよく、庭にある倉庫の鍵を紛失するので、こじ開けるために覚えました」

最初は鍵の業者を呼んでいたようだが、あまりにも鍵を紛失するので、職人の技を見よう見まねで習得したと言う。

お母様は頭に挿していたピンを抜き取り、鍵穴に差し込んでカチャカチャと動かす。

すると、一分と待たずに解錠する音が聞こえた。

「やった!!　お母様、すばらしいです」

「こんなの、大したことではありませんよ」

再びドアノブに手をかけようとしたが、ジョージ・ハンクス七世が待て、と叫ぶ。

『内部に変な術がかかっていないか、俺が確かめてやる』

「ジョージ・ハンクス七世、ありがとう」

扉を開くと、灯《あか》りはなく、窓もないので真っ暗だった。規模は四畳半くらいだろうか。ジョージ・ハンクス七世が調べた結果、問題ないとのことで、さっそく内部を調べる。

スマホのライトを点《つ》けて、内部を照らす。

「なんだろう、物が乱雑に放置されているなー」

中には木箱や段ボール箱、紙の束やファイルなどが、入り乱れた様子で置かれていた。きっと一郎伯父さんは整理整頓が苦手なのだろう。

近くにあった分厚いファイルを手に取ってみる。ジョージ・ハンクス七世がライトが点いたスマホを掲げ、見やすくしてくれた。

中を開くと、人の顔写真と個人情報が記されていたのでギョッとする。

履歴書のような紙に、パソコンで打った文字が書き込まれていた。

「え……何これ」

住所や電話番号などが記入されているだけでなく、借金の有無や、苦手としている人物、また恨みがあるかどうかまで、事細かく書かれているのだ。

「な、なんでこんなものがここに？」

永野家は不動産業をしている、なんて話を耳にした覚えがあった。けれどもこれは、ただの顧客名簿に見えない。

パラパラとページを捲《めく》っているうちに、見知った顔を発見してギョッとした。

「お、太田元係長？」

『こいつは！』

「遥香さん、その男性はお知り合いなのですか？」

「はい。正臣君が赴任してくる前の、元係長なんです」

そこには個人情報に加えて、普段、誰と親しいとか、出世を望んでいるとか、誰を恨んでいるとか、探偵が調べたような調査内容が記されている。

「私についても、あります」

部下の一覧に私の名があり、太田元係長から見て気になる女性だと書かれてあった。

「この気になる女性というのは、遥香さんに好意を寄せていた、という意味でしょうか？」

「お、おそらく」

文字で読んだだけでもゾッとする。

家族関係や仕事の能力などは、話に聞いていたとおり。たぶんだが、太田元係長に詳しい者に尋ねて作った資料なのだろう。

「永野家はどうして、遥香さんの元上司の情報を知っていたのですか？」

「それは、一年前、この太田元係長が怪異に取り憑かれる、という事件が発生しまして……」

思い出すだけでも、胃がしくしく痛むような出来事だった。

「だったらこれは、怪異の事件に関わった者をファイリングしているのでしょうか？」

「そうかもしれないですね」

納得しかけていたが、ジョージ・ハンクス七世が待ったをかける。

『おい、遥香！　ここに印刷した日付が書かれてあるが、今から一年前だぞ』

「あ、本当だ」

事件が起きる前に太田元係長の情報を永野家が集めていたなんて、不審としか言いようがない。

「うわ、杉山さんの情報だ」

次のページには、杉山さんの情報もあった。住所や電話番号に間違いはなく、本人の口癖や好んでいるブランドなども、正確に記してある。補足欄には人当たりがよく見える私に嫉妬している、と書かれていた。

杉山さんは以前、そんな話をしていた。本人から聞いたことなので、間違いのない情報だろう。

さらにページを捲っていくと、またしても見知った顔を発見してしまう。

「せ、瀬名《せな》さんだ！」

瀬名真凜《まりん》――うちの会社と取り引きしていた印刷会社『ホタテスター印刷』の社長令嬢で、太田元係長と同じように怪異に取り憑かれていたのだ。

「彼女まで、どういうことなの!?」

他にも、給湯室で毒物を仕込もうとしていた近藤《こんどう》さんや、水晶剣を販売したリサイクルショップの店主、遺品の青花の皿について依頼してきた斎藤《さいとう》さん、私とのお見合い話が浮上した、月光の君の弟の生まれ変わりである後藤《ごとう》さんなど、これまで怪異を巡る事件で関わった人達の個人情報が次々と出てきた。

「これ、全部事件が起きる前に作成しているものだよ」

『は!? どうしてそんなものがここにあるんだ?』

「わ、わからない」

なんだか不気味に思い、その場にぺたん、と尻餅をついてしまった。その拍子に、背後に置かれていた木箱の蓋が開いてしまったようだ。

振り返ってみると、暗闇に慣れた目が見覚えのある品を捉える。

「え、これって――?」

『遥香、どうしたんだ?』

「ジョージ・ハンクス七世、箱の中を照らして」

箱の中が見えるようになると、間違いないと確信する。

「これ、斎藤さんの家に返したはずの、青花のお皿」

『なんでここにあるんだ!?』

他にも、『ホタテスター印刷』の財務諸表や、水晶剣を購入した領収書、斎藤さんの家にポスティングされていた霊能者のお祓い依頼チラシの束などなど、どうしてここにあるのかわからない品々がたくさんでてくる。

頭を抱えていたら、お母様が隣にしゃがみ込んで質問をしてきた。

「遥香さん、あなたはこれまで陰陽師として、浅草の事件を解決していたわけですね？」

「は、はい。ここ一年くらいは、正臣君と一緒でした」

長谷川係長が配属されてから、大きな事件に巻き込まれることが多かった。

鬼の出現により、邪気が集まっているからだと認識していたのだが……。

「遥香さんは正臣と協力して、怪異が絡んだ騒動を解決してきた。それなのに、事件前に作成されたと思われる関係者の情報があり、余所にあるはずの証拠品なども物置にあった。ここまで間違いはありませんね？」

お母様の言葉に、深々と頷く。

詳しい事情をすべて話したわけではないのに、お母様は私とジョージ・ハンクス七世の会話から状況を読み取ったようだ。

「私の個人的な推測なのですが――もしや、事件は永野家の自作自演だったのでは？」

「そ、そんな!!」

お母様の考え出した答えは、私が考えないようにしていたことだった。ズバリと指摘され、胸がどくどくと嫌な感じに脈打つ。

「でも、どうして自作自演なんかしたのでしょうか？」

「わかりません。ただ夫は昔、永野家についてきな臭い噂話《うわさばなし》を聞いた覚えがある、なんてことを話していました」

「どのような噂話ですか？」

「それが、詳しくは覚えていないらしくて」

噂話に対して嫌悪感を抱いた記憶だけが残っていたらしい。

「夫は、東京にやってきたら永野家についてさらに詳しく調べる、と息巻いていたのですけれど」

「お仕事ですから、仕方がないですよね」

「ただ、夫がいたら、もしかしたら九尾神による誘拐を避けることができていたかもしれません。今日、いなかったことがとても悔やまれます」

なんでもお父様は勘が鋭く、トラブルを事前に回避してしまうらしい。

乗るはずだったバスを見送ったら事故が起きたり、通るはずだった道を避けたら、そこで通り魔事件が起きたり。

そんな話を聞いていると、ますますお父様っていったい何者なのだ、と思ってしまう。

「まあでも、何はともあれ、私はあなた達の結婚を反対するつもりはありませんので、ご心配なく。遥香さん、遥香さん、永野家は永野家ですから」

「お母様……ありがとうございます！」

本家の自作自演が真実であれば、婚約破棄になってもおかしくない。それなのに、結婚は許してくれると言う。

お母様の優しさに、胸がジーンと震えた。

「遥香さん、ひとまず、ここにある品は写真を撮っておきましょう」

「あ、そうですね」

何かあったときの証拠品として、残しておいたほうがいいだろう。そろそろ九尾神が戻ってくるかもしれないから、急がねばならない。

残念ながら結界の仕掛けは見つけられなかったが、別の情報を掴めた。

まさか、本家の自作自演疑惑を発見してしまうなんて……。

だんだん頭が痛くなってきた。

白綿神が何か言っているのに気づいて、耳を傾ける。

『ひゅー、ひゅー』

「白綿神、どうしたの？」

『んー、なんでもない』

ジョージ・ハンクス七世がやってきて、白綿神を茶碗ごと持ち上げて廊下に出る。

「力持ちだね」

『こいつ、羽のように軽いぞ』

「言われてみたい台詞《せりふ》だ」

なんて、お喋りをしている場合ではなかった。扉をゆっくり閉める。

「お母様、施錠をお願いできますか？」

「私、解錠はできるけれど、施錠は無理なんです」

「えっ、そんな！」

どうすればいいのか考えようとした瞬間、これまで大人しくしていた白綿神が発言する。

『そういえばここ、管理していたの、永野一郎だった』

「だったら、鍵をかけなくても、九尾神にはバレない？」

『たぶん』

ならば、ここはそのまま放置でいいだろう。

九尾神が帰る前に、祭壇がある部屋に戻っておく。

腰を下ろした瞬間、扉が開く音が聞こえた。

玄関まで迎えに行くと、一郎伯父さんに化けた九尾神が笑みを浮かべながら、買ってきたお弁当を差し出してくる。

『遥香、行列に並んで〝ていくあうと〟できたぞ!』

「九尾神、ありがとう。きちんとした手順を踏んで、買ってきてくれたんだね」

『もちろんだ! 人の列があったら、最後尾に並んで順番を待つものだと、遥香が教えてくれただろう?』

「よく覚えていたね。偉い、偉い」

お弁当の入った袋を受け取ると、九尾神は子狐の姿に戻った。

次の瞬間には、胸に飛び込んでくる。

『やはり、遥香がいると、楽しいな!』

「わっ!」

勢いに押されて倒れそうになったが、なんとか踏ん張る。一郎伯父さんの姿で抱きついてこなくてよかった、と心から思ってしまった。

『では、皆でお弁当を食べようぞ!』

きちんとお母様の分も買ってきていた。再び、偉いと褒めたのだった。

お店からここまで瞬間移動でやってきたようで、お弁当はできたてホカホカだった。

ありがたくいただく。

白綿神には綿菓子、ジョージ・ハンクス七世にはカットフルーツをコンビニで購入してきてくれたようだ。

『遥香、今日は〝せるふれじ〟にも挑戦したんだぞ！』

「えー、すごい！　そんなのもできるようになったんだ」

どうやら、コンビニでセルフレジを使って購入できたらしい。以前、やって見せた覚えがあったのだが、そこから学習して実行するとは。

九尾神は私の教えをしっかり覚えていて、心に留めておくことができる。

暴力的な行為はしないと誓ってくれたし、私以外の他人を思いやる気遣いもあった。

もしかしたらここからの脱出も、時間をかけて頼み込んだら叶《かな》えてくれるかもしれない。試してみる価値はあるだろう。

幸いにも、ゴールデンウィークは五日ある。残り四日でなんとかしないと。

夕食後はお風呂に入らせていただく。永野家こだわりの檜《ひのき》風呂で、一郎伯父さんの呪術を使って温泉を引いているらしい。

そんな能力を持っているなんて、知らなかった……。

こんな状況ではあるが、久しぶりの温泉は最高の一言で、一日の疲れが取れた気がする。肌もつるつる、ピカピカになった。

祭壇の部屋に戻ると、布団が広げてあった。そろそろ就寝時間なのだろう。

『皆の者、今日のところはゆっくり休むとよい！』

二階にある洋室にはベッドやハンモックがあり、一階の寝室には布団が敷いてあると言う。

『遥香は我と一緒に寝ようぞ！』

「え、なんで!?」

『どうして疑問に思う？　正臣とは一緒に就寝していたではないか！』

「ちょっ、お母様の前でなんてことを言うの？」

視界の端にいるお母様は、聞かなかった振りをしてくれるのか、明後日の方向を向いていた。

『正臣だけ一緒に寝て、ずるいぞ！』

「わかった、わかったから！」

承諾しかけた瞬間、お母様が私の耳元で問いかける。

「あの九尾神とやらと、ふたりっきりになって大丈夫なのですか？」

「平気です。絶対に危害は加えてこないでしょう。ジョージ・ハンクス七世や白綿神もいますし、心配はいりません」

「だったらいいのですが」

どうやら、お母様は私を心配してくれているようだ。

「九尾神はなぜ、遥香さんにあそこまで執着しているのですか？」

「よくわからないのですが、ひな鳥の刷り込みのようなものだと思っています」

「難儀なことですね」

ひとまず、何かあったら大声を上げるように、と言われた。

『おい、何をごちゃごちゃと話しておる？』

「なんでもないよ。では一緒に寝ようか？」

『いいのか？　やったー！』

そんなわけで、私は九尾神と一緒に眠ることになった。

ジョージ・ハンクス七世は白綿神の茶碗に入り、すーすーと寝息を立てている。白綿神と寄り添う寝姿は、震えるほど可愛らしい。

お母様は隣の寝室で休むようだ。テレビもあるというので、ひとりで気晴らしもできるだろう。

「じゃあ、遥香さん、おやすみなさい」

「はい、おやすみなさい」

お母様は今日、長谷川係長が用意した高級ホテルに泊まる予定だったのに、こんなことになってしまった。

申し訳なさに心が押しつぶされそうになる。

『遥香、早く布団に潜れ！　寝冷えするぞ！』

「はいはい」

布団の中に入ると、九尾神がもぞもぞと潜り込んできた。

ふかふか、もふもふの体は抱き枕によさそうだ。相手が神様なので、恐れ多くて実行などできないが。

一緒に眠ることにおいて、九尾神にひとつだけ要望を出しておく。

「ねえ九尾神、寝ているときは、一郎伯父さんの姿にだけは変化しないでね」

『わかっておる。あれは買い物だけに使う都合のよい姿だ』

一郎伯父さんの姿で行く買い物は、最高らしい。

「どうして最高なの？」

『誰も、我を気にしないからだ』

一度、テレビで見かけた俳優の姿で買い物に行ったことがあったらしい。けれどもファンに見つかり、大騒動になったようだ。

『一郎の姿はいい。誰も気にも留めない』

「まあ、一郎伯父さんは一般人だからね」

それはそうと、気になったことがある。それは、九尾神が私にお菓子や食事をせがまなかったことについてだ。

ここに呼んだのはてっきり、高級食材に飽きたので、私に料理を作るように命令するためかと思っていたのだが。

「九尾神、どうして私に食事を作るように言わなかったの？　もしかして、飽きちゃった？」

『それは違うぞ！　たしかに、ここでの食事には飽きて、遥香の食事を食べたくなったことは否定しないが』

九尾神はあるドラマを見てしまったという。それは、結婚した会社員の女性が、夫に家事を押しつけられ、怒りを覚える内容だったらしい。

「なんていうか、センシティブな内容のドラマだね」

『あ、ああ。働く女性の心理が、巧妙に描かれていたように思う』

ドラマの中で、働きながら毎日のように料理を作るのは時に苦痛だ、という台詞があったらしい。

『我にとっては衝撃の内容だった。思い返してみれば、遥香は昼間働いているのに、食事を作るように言いすぎていたかもしれない、と気づいたのだ』

もしも私を呼んだときは、求めすぎないようにしなくてはならない。九尾神は強く覚悟した上で、私を連れてきたのだと宣言する。

『遥香、これからは、苦労はさせぬからな！』

苦労はさせないと言っても、九尾神が買った品物の支払いは永野家だ。私がここで贅沢三昧の暮らしをしていたら、そのうち苦情が届くだろう。

『掃除や洗濯は、我がするから、遥香は何もしなくてよいぞ』

「だったら、私は何をしたらいいの？　ここにいる意味はある？」

『あるぞ！　遥香は我と一緒にいてくれるだけでよい！』

「う～ん」

そんな話をしながら、微睡《まどろ》んでいく。

ここから出してほしい、というお願いをしようと思っていたのに、眠気に襲われてしまった。

『遥香、眠いのか？』

「眠い、かも」

九尾神は幼子にするように、私のお腹をぽんぽん叩いてくれる。

『よく眠れ』

「おやすみなさい」

今日のところはゆっくり休んで、明日の自分に期待しよう。

そんなことを考えながら、眠りに就いたのだった。

朝――九尾神を胸に抱き、尻尾に顔を埋《うず》めている状態で目覚めた。

よく眠れたからか、とても気持ちのいい朝である。

九尾神からそっと離れると、『ううう――！』と抗議するような声が聞こえた。

『遥香、どうしてぎゅっとするのを止めた？』

「いや、もう朝だから」

『そうか、朝か！』

九尾神は起き上がり、元気よく『おはよう!!』と挨拶してくる。

「お、おはよう」

白綿神とジョージ・ハンクス七世はまだ眠っているようなので、静かに話すよう注意しておく。

九尾神は私の肩に乗り、ヒソヒソ声で話を続けた。

『朝食は何を食べたい？　牛丼でも買ってこようか？』

「朝から牛丼はかなり無理かも」

『ならば、ステーキ丼がいいのか？』

「いや、牛丼が気に食わなかったわけではなくて、朝はサラッと食べられる料理がいいかな」

『サラッとした料理？　難しいな。白湯《さゆ》しか思いつかん』

　まさか、朝も料理を買いに行ってくれる気があったのか、と驚いてしまった。

「食材あるんだったら、何か作るよ？」

『いいのか？』

「もちろん」

　祭壇のある部屋から出ると、九尾神がハッとなる。

『んんん？　なんだかおいしそうな匂いがするぞ！』

「あ、本当だ」

　台所のほうへ向かうと、割烹着《かっぽうぎ》姿のお母様の姿があった。

「お、おはようございます」

「おはよう、遥香さん」

　なんと、お母様は朝五時に起きて、朝食の準備をしていたらしい。

「気づかず、申し訳ありません」

「いいえ、いいのですよ。朝食作りは、毎日行っているものですから」

　もうすでに完成していて、おいしそうな料理が小皿に並べられている。

　だし巻き卵に、柚子《ゆず》大根、大豆の五目煮にカボチャのいとこ煮、切り干し大根にこんにゃくきんぴら——朝から六品もおかずを作ったようだ。

『おお、これは京都の〝おばんざい〟ってやつだな！　テレビで観た覚えがあるぞ！』

おばんざいというのは、京都で日常的に食べられているおかずのことだ。

それ以外にも、西京焼《さいきょうや》きに白味噌を使った味噌汁、土鍋で炊いたご飯もあった。

「さあさ、遥香さん、朝食を食卓へ持っていってください」

「承知しました」

九尾神が案内してくれた居間には、昔ながらのちゃぶ台が置かれていた。そこにはすでにお茶や箸などが並んでいる。

ご飯は土鍋ごと運んできて、装《よそ》いながら食べるようだ。

ジョージ・ハンクス七世にはひまわりの種、白綿神には冷《ひ》や奴《やっこ》が用意されている。

眠っていた彼らを起こし、食卓に招いて、朝食の時間となった。

「では、いただきます」

『いただくぞ！』

ドキドキしながら、お母様が作った朝食を食べる。まずはお味噌汁から。

上品なかつお出汁《だし》が利いていて、ほっこりするような優しい味わいである。

具材はわかめと豆腐のみ。出汁のおいしさをこれでもかと堪能する味噌汁であった。

「遥香さん、どうかしら？」

「とってもおいしいです！」

「よかった」

九尾神もお母様の朝食を気に入ったようで、尻尾を振りながら食べている。

おかずもどれもすばらしく、朝からお腹いっぱいになるまでいただいてしまった。

「お母様、どの料理もとてもおいしかったです」

「お口に合ったようで、何よりです」

なんと、驚いたことにお母様は最低六品のおかずを朝から作るらしい。

私なんて、朝食は卵焼きとお味噌汁くらいなのに。

「えーっと、京都の方って、毎日それくらい作るのですか？」

「さあ、どうでしょう。朝食作りは、私の個人的な意地ですので」

「意地、と言うと、何かあったのですか？」

お母様は遠い目をしながら、結婚当初の話をしてくれた。

「結婚してすぐに、夫の伯母夫婦が朝から突然押しかけてきたことがありまして、朝食を振る舞う事態になったんです」

伯母夫婦は仕事の用事で近くに来ていたようだが、周辺に朝食が食べられるお店がなかったらしい。それで、新婚夫婦の家に立ち寄ったようだ。

お母様は休日なので、トーストとコーヒーで済まそうか、と考えていたようだが、予定を変更した。

「ご飯を炊いて、卵焼きを焼いて、味噌汁を仕込んで。それが当時の私にとって、せいいっぱいの朝食でした」

けれどもそれらの朝食を前にした伯母が、とんでもないことを言った。

「品数が少ないですね。それに京都のおばんざいはご存じ？　と言ってきまして」

お父様が「これだけあれば十分すぎる」と庇《かば》ってくれたようだが、きれいにスルーされていたらしい。

「それだけではなくて、卵焼きはしょっぱいだの、味噌汁はインスタントだろうだの、ご飯は硬くてパサパサしているだの、好き勝手おっしゃって帰っていきました」

お母様は花嫁修業で料理を一通り習ったものの、味付けはすべて関東風だった。そのため、薄味で仕上げる京都の人には、濃く感じてしまったのだろう。

「プライドをズタズタに引き裂かれた私は料理教室に通い、毎朝六品の料理を出すようにしました」

ちなみに、お父様からは「食べきれないよ」と不評だったらしい。でも、残った分は昼食や夕食に出し、当日のうちに完食するようにしていたのだとか。

「そんな生活を二年ほど続けていたら、再び伯母夫婦が朝からやってきたんです」

お母様はすでに作ってあったおばんざいを振る舞い、「とってもおいしい」を引き出すことに成功したのだとか。

「それからも、私は伯母夫婦を警戒し、毎日最低でも六品、朝食を用意するようにしています」

「大変ではないのですか？」

「大丈夫です。おばんざいというのは、手間のかからない料理の数々ですから。慣れたら、呼吸をするように作れるのですよ」

にっこり微笑むお母様に、かっこいい！　と思ってしまう。

腹が立った相手を見返す方法も、料理に満足してもらうところがすてきだった。

「しかし、正臣君は毎日、こんなに豪華な朝食を食べていたのですね」

「いいえ、あの子は朝は低血圧とかで、朝食はまったく食べなかったのです」

「え、そうなんですか？」

うちではそんなことはないのだが……と言おうとして口を閉ざす。

大人になって、食べられるようになったのかもしれない。

「まあ、食べないなりに、いろいろ工夫をしていたのですが」

朝食を食べない分、お弁当におかずとご飯をぎちぎちに詰めていたらしい。すると、

「お弁当、こんなに食べきれない」というクレームがあったそうだ。

「思春期の頃は手を焼いたものです」

「正臣君にも、そういう時代があったのですね」

「わりと最近、東京に行くまでそんな感じでしたよ」

「思春期、長かったんですね」

長谷川係長は大学時代からひとり暮らしをしていたようで、会う機会も少なかったという。おそらく、母親に対する照れの感情もあったのだろう。

「ごめんなさい、もっとお聞きしたいです」

「いえ、正臣の話ばかりして」

本人は嫌がりそうだが、彼について、いろいろ知りたかった。

「どんな話を聞きたいのですか？」

「そうですね――」

幼少期の話がいい、と言おうとした瞬間、だん！　とちゃぶ台を叩く音が聞こえた。

音の主は九尾神である。

「九尾神、ど、どうしたの？」

『どうもこうもあるものか！　遥香は正臣の話ばかりしている！』

それはお母様との共通の話題が長谷川係長だというだけで、まったくもって他意はない。そう訴えても、九尾神は地団太を踏んで怒りを露《あら》わにする。

『遥香は、我のことだけを考えて生きてほしいのに』

「いやいや、それは無理だよ」

『正臣が生きているからか？　もしも死んだら、我のことだけを考えるのか？』

「それは、違う!!」

なんだか九尾神が怖いことを考えているように思えて、小さな体を抱き上げて目と目を合わせる。

「仮に正臣君がこの世からいなくなったら、逆に私は一生、彼のことで頭がいっぱいになると思う」

『それは嫌だ。腹立たしいが、あいつは生かしておかなくてはならない』

その言葉を聞いて、ホッと胸をなで下ろす。

『我がどれだけ頑張っても、正臣みたいに愛してはくれぬのだな』

「仕方がないよ。九尾神は九尾神で、正臣君に成り代われるわけがないし」

『それだ!!』

え、何が？　と聞き返す間もなく、九尾神は私から離れて一回転する。

光に包まれた九尾神は、一瞬にして姿を変える。九尾神が化けたのは、信じがたい存在《もの》だった。

「なっ――!?」

「正臣!?」

九尾神はスーツ姿の長谷川係長に変化した姿で、私に微笑みかけてくる。

『遥香、この姿であれば、我を一番に愛せるだろうが！』

「嘘でしょう？」

『本当だ！』

そう言って九尾神は私に抱きついてこようとしたが、寸前で回避する。

見た目は完璧に長谷川係長なのに、喋ると九尾神そのものである。すぐさま拒絶してしまった。

「九尾神、ちょっと待って！」

『遥香、なぜ我の抱擁を避ける。正臣とは、毎日のように抱き合って、いちゃいちゃしていただろうが』

「だから、お母様の前でそんなこと言わないで」

相変わらず、お母様は聞かなかった振りをしてくれる。ありがたくて、涙が出そうになっていた。

『もう寂しがらなくてもいい。我がお前の正臣になってやろうぞ』

本当の本当に、ありがた迷惑である。普段の九尾神のほうが百倍いいのだが、今訴えても聞き入れてもらえないだろう。

『お前は正臣の、この顔が好きなのだろうが！』

「違う！」

『毎朝毎朝、顔を見るなり、正臣君、今日もかっこいい！　とか飽きもせずに考えていただろうが！』

「なっ……！」

それは確かに思っていた。一緒に住んでいて、嫌というほど顔を見ているはずなのに、朝に会うと新鮮な気持ちで顔がいい！　という感想を抱いてしまうのだ。

『お前好みの、この正臣の顔さえあれば、満足だろう!?』

「ぜんぜん違う！　九尾神が化けた正臣君ではダメなの！」

見た目だけ同じでも、その人に成り代われない。

私は長谷川係長の優しさや、少し不器用な性格、何事においても一生懸命なところに強く惹《ひ》かれた。

九尾神が長谷川係長に化けても、やわらかな喋りや声、困惑したら顔を逸らすところ、たまに口元を隠して微笑むところなど、表情や仕草、癖はまったく同じようにできるわけがない。

それらは、長谷川係長が長年生きて身に付けてきた、彼だけのものだから。

「いくら上手く化けても、九尾神、あなたは正臣君になれないんだから！」

『なんだと!?』

九尾神が怒りの声をあげた瞬間、部屋全体に靄《もや》がかかるほどの邪気が生じた。

「きゃあ！」

思わず悲鳴をあげると、邪気は一瞬にして消えていく。

「九尾神、今のは何!?」

追及したら、九尾神は気まずげな表情で顔を逸らす。

『あー、いや、ちょっとした事故だな。うん！』

「あの邪気はあなたから生まれて、あなたが消したの？」

『いやいや、見間違いだ。気にするでない』

そんなわけない。私ははっきり見た。

ジョージ・ハンクス七世や白綿神を振り返ったが、わからないとばかりに小首を傾げていた。一瞬過ぎて、目視できなかったのか。

「ねえ、九尾神――」

『もうこの話は終わりだ!!』

カッと目を見開き、威嚇するように私を見る。こういう反応をするときは、私の話なんてまともに聞いてくれない。

お母様が私の肩を叩き、耳元で囁く。

「遥香さん、しばらく、放っておきましょう」

「ええ、それがいいですね」

存在感がありすぎる長谷川係長の姿になった九尾神のことは心配でしかないものの、ひとまず長谷川係長の姿で外出しないことだけは約束してくれた。

『我は正臣の苦労を見ているからな！　あの男、ひとりでいると女共に話しかけられて、鬱陶しそうだった！　この姿で買い物なんぞに行けば、邪魔が入るだろう。やはり買い物は一郎でなくては！』

そして九尾神はのんきに欠伸《あくび》を嚙み殺しながら、『なんだか眠くなったから寝るぞ！』と宣言し、畳の上でごろりと転がる。座布団を枕にし、膝を抱え、丸くなるようにして寝始めた。

「いや、正臣君の姿で、その寝姿はどうかと思うけれど」

個人的に解釈違いのような気がして止めようとしたが、九尾神はすでに眠ってしまっている。体を痛めてしまいそうだが、神様なので大丈夫なのだろう。

お母様は肩を震わせ、笑いを堪《こら》えているようだった。

「あ、あの子もあんなふうに寝てくれたら、少しは可愛げがあるのですが」

「正臣君に可愛げって、いります？」

「可愛げはあればあるだけいいものですよ」

長谷川係長に比べて、お父様は可愛げの塊らしい。

「夫は世界一、可愛いと思っています」

お母様の惚気《のろけ》を聞いていると、荒《すさ》んでいた心がほっこりする。普段は仲のよい夫婦なのだな、と感じてしまった。

それから九尾神は声をかけても、突《つつ》いても、頬を引っ張っても目を覚ます様子はなかった。白綿神曰く、結界の常時展開と浅草全域の浄化に力を使い、眠っている時間が増えたのだと言う。

『ねんねし始めたら、三時間から五時間くらい、起きないよ』

ならば、再び家を調査するチャンスだ。ジョージ・ハンクス七世に見張りを頼み、私は白綿神、お母様と共に家の中を捜索する。

「今日は二階を調べてみましょうか」

「そうですね」

二階には洋室があると九尾神が話していた。ドキドキしながら階段を上がり、廊下に窓があったので開いてみた。

一階同様、深い霧の景色が広がっている。二階から見たら霧以外何か見えるのではないか、と期待していたのだが、結果はこれである。

部屋を確認してみる。もしかしたら二階に結界の仕掛けがあるのではないか、と思って扉を開いたのだが――。

「こ、これは……！」

ＣＤを聞くミニコンポみたいな器具がずらりと並んでいた。いったい何かと思いきや、お母様が教えてくれた。

「これはアマチュア無線機です」

「ア、アマチュア無線機、ですか？」

「知りませんか？　世界中の人と交信する機械ですよ」

「初めて聞きました」

なんでもアマチュア無線というのは電波を使って世界中の人達とお喋りできる機械らしい。『アマチュア無線技士』の免許を取って行うものなのだとか。

「年代から察するに、ここに出入りしていたあなたの伯父さんの趣味でしょうね」

「一郎伯父さん、これでいったい何を？　まさか、スパイ活動を副業に!?」

「たぶんですが、ただの趣味だと思いますよ。アマチュア無線で利益を得るのは禁じられていますから」

おそらく、これらの機器を家に持ち込むことを禁止されたので、九尾社に運んだのではないか、とお母様は予想していた。

「たしかに、これだけのアマチュア無線機が部屋を占拠していたら、いろいろ大変そうです」

部屋を見て回ったものの、アマチュア無線機の他に、パソコンやプリンタがあるばかりである。

パソコンのネットが通っていたら、メールが使えるかもしれない。なんて期待をしていたが、ネット回線は繋がっていたものの、オンラインゲームしか使えないようになっていた。なんて細かい制限をしてくれるのか。

九尾神の結界と関係する物は発見できなかった。

他にも、二階には仮眠室に来客用の寝室、リビングに書斎などがあるようだ。

どれも、一郎伯父さんや永野家の人々が使うために用意された部屋なのではないか。

しかし、かれこれ一時間ほど調査したのに、有力な情報は何も見つからなかった。

リビングのソファに腰かけ、盛大なため息をつく。

「前途多難です」

「本当に」

もしかしたら、九尾社にはないのかもしれない。

私達が確認に行けないように、屋根に作った可能性もある。だとしたら、どうにかして確認したほうがいいだろうか。

「たとえば屋根に作っていたとしたら、確認になんて行けないですよね」

「ええ。あの霧に囲まれた中、見るのは危険かと」

ジョージ・ハンクス七世が確認に行こうか、なんて提案するも却下する。

『俺は大丈夫なのだぞ』

「強風が吹いて飛ばされてしまったら、帰ってこられなくなるかもしれないし」

『まあ、それはそうだが。だったら俺に紐《ひも》を付けて、遥香が握った状態で見に行くのはどうだ？』

「命綱みたいにするってこと？」

『そうだ』

「う――ん」

強い風が吹いて私が手を離してしまったら、一巻の終わりだろう。

『ならば、どこかに紐を結んでおけばいいだろうが』

「紐が切れる可能性だってあるし」

それに、どこに何があるかわからないこの家の中から、長く丈夫な紐を探すというのも骨が折れるだろう。

『他に何かいい案はないのか』

「少しよろしいでしょうか？」

お母様が挙手し、発言する。

「なんでしょうか？」

「陰陽師はよく、紙で作った式神のようなものを飛ばしていますが、そういった方法は遥香さんは使えませんの？」

「つ、使えるかも!!　いえ、使えます!!」

そういえば、鞄に人形が入っていた。

あれはマダム・エリザベスが『何かあったときのために、多めに入れておきますわね』とか言って、鞄に忍ばせてくれた物である。

急いで一階に下り、鞄を持って二階に戻る。

「お母様、人形を使って、屋根裏の調査に向かわせることができます！」

「そう、よかったです」

「よくご存じでしたね」

「あなたとの交際について正臣に聞いてから、陰陽師物の書籍や映画など、一通り読んだり見たりしましたので」

陰陽師がどのような存在なのか、フィクションから学術書まで、さまざまな視点から目を通してくれたようだ。

鞄から人形を取り出すと、お母様は瞳をキラッと輝かせる。

「これが人形なんですね！　映画に登場する物とそっくりです！」

「えっと、人形使いはあまり得意ではないのですが、その、頑張ります」

こういう繊細な作業は父のほうが得意である。幼少期に何度も人形使いを習ったのだが、最終的に「人形を使えずとも、陰陽師にはなれる」と言われてしまったくらいだ。以前使ったときも、人形の呪文はマダム・エリザベスが書いてくれたのだ。

「遥香さん、大丈夫ですか?」

「一度、やってみますね」

人形の束を取り出して、風や霧の抵抗を受けないよう、呪文に刻んでおいた。最後に目を書く。こうしておくと、視界を共有できるのだ。

「できました!」

窓を広げ、人形の呪文をなぞって外に放つ。すると、人形は力なく落下していった。

「え、嘘、失敗!?」

窓から覗き込むと、枯れ葉のようにはらはら落ちていく。

人形は霧に呑み込まれ、見えなくなってしまった。新しく作り直したほうがいいだろう。

しかし、お母様はそんな人形に対し、まさかの声をあげた。

「あなた、気合いが足りませんよ! 頑張りなさい!」

なんと、人形に根性論を説き始めたのだ。

「お腹に力を入れるのです!」

そういう問題か、と心の中で突っ込む。

しかしながら、応援を聞いているうちに、私の人形は勢い不足なのかもしれないと思うようになってきた。

気がつけば、お母様と一緒に声をあげてしまう。

「頑張れー！　頑張れー！」

お腹から声を出したら、霧の中からチカッと何かが光った。

「頑ば……え!?」

目の前をヒュン！　と勢いよく人形が飛んでいった。まさかの起死回生である。

だが、視界を共有していたので、酔ってしまった。その場にしゃがみ込み、目を閉じる。

「遥香さん、大丈夫ですか？」

「ええ……。たぶん、３Ｄ酔いみたいなものですので」

人形の視界に集中したら、いくらか楽になる。

あっという間に人形は屋根まで上がっていった。周囲をくるくる回ってみたが、アンテナがあるくらいで、怪しい物はないように思える。

「えーと、屋根は異常なし、です」

「そう」

役割を終えた人形はその場で燃え尽きたようだ。酔いからも解放される。

「結界の仕掛けは、屋根にはないようですね」

「ええ」

調査は振り出しに戻ったわけだ。

ここら辺りでひとまず少し休もう、という話になった。

お母様は書斎の本を読むらしい。なんでも、プレミア物のホラー小説を発見したようだ。

「ここの本棚の主は、趣味がいいです！」

活《い》き活《い》きとした表情で、興味のある本がたくさんあると語っていた。楽しそうで何よりである。

「では、私は九尾神のもとに戻りますね」

「ええ。何かあったさいは、叫ぶのですよ」

「わかりました」

一階に下りると、九尾神は長谷川係長の姿のままですーすーと寝息を立てていた。

喋っているときは長谷川係長とは思えなかったのに、こうして眠っていると本人に見えてしまうから不思議だ。

それにしても、九尾神が発して消えた邪気はなんだったのか。

もしや、私に見えていないだけで、九尾神の中には大量の邪気が溜め込まれているとか？

　私の質問に答えず、隠そうとしたのも怪しい。

「はあ……」

　思わずため息が零れる。何もかも、わからないことばかりだ。

　どうしてこうなってしまったのか。

　マンションから九尾神を出してしまったのが、間違いだったようだ。

　九尾神の鼻先をつんつんと突くと、ハッと目覚める。

『んん？　今、我は眠っていたのか？』

「そうみたい。結界を展開するのと同時に、浅草の町を守っていることが、けっこう負担になっているんじゃないの？」

『うーむ、それは否定できないな。結界のほうを優先しようか。さすれば、もっともっと強力にできるぞ』

「それはダメ！　きちんと浅草の町も守って」

『むう。やはり反対するか』

「当たり前だよ」

　どうやら結界の力を緩めてくれる気はないようだ。しつこく食い下がったら怪しまれるので、これくらいにしておこう。次は、別の方向から攻めてみる。

「九尾神、私、お買い物に行きたいんだけれど」

『何が必要なのだ？　我が買ってこようか？』

「えっと、九尾神にわかるかな？　今日発売の、限定ティントリップなんだけど」

『また、難解な横文字を言いおって』

「どうしてもほしいの！」

『叶えてやりたいのは山々だが、ダメだ！』

お買い物に行きたい作戦も失敗である。深いため息を吐《つ》いてしまった。

『おい、その〝てぃんとりっぷ〟とはなんだ？』

「化粧品だよ。すぐに売り切れるから、すぐに買いに行きたいんだけれど」

『そんなに欲しかったのか？　お前が〝てぃんとりっぷ〟とやらを欲しがっている様子など、これまで見たことはなかったが』

痛いところを突いてくれる。たしかに、私は杉山さんほど化粧品にこだわりがなく、足りないときはコンビニでちゃちゃっと買ってしまうタイプだ。

そういう部分を、九尾神はきちんと観察しているのだ。恐ろしい子……と改めて思ってしまった。

「私にだって並んででもほしい化粧品くらいあるんだけれど、無理だったらいい」

ぷいっとそっぽを向いて、拗《す》ねた態度を見せておく。これは時間稼ぎで、次なる作戦を考えているのだ。

　九尾神が私の心の声を遮断してくれてよかった、と今になって感じる。もしも筒抜けだったら、祭壇の部屋から一歩も出るな、と命令されていた可能性があった。

『遥香、悪かった！　その、難解な名の化粧品は、このフリマアプリで買ったらどうだ？　以前テレビで、手に入らぬ品はほとんどない、と申していたのだが』

「フリマアプリじゃなくて、デパートで買いたいの」

『一緒の品だろう？』

「それでもデパートがいい。気分の問題なの」

　なぜデパートで商品を買いたいのか。その理由を説明しても、いまいちピンとこないらしい。

　九尾神は長谷川係長の姿のまま、体が大きく傾くほど首を傾げている。

『む、難しいな』

　そうなのだ。人間社会は複雑で、生きにくい。私なんかとかかわらずに、神様同士で交流をすればいいのに。

　九尾神曰く、他の神様は偉そうで苦手なのだとか。実際偉い存在なので、なんとも言えないのだが……。

『遥香は、外の世界に未練があるのか？』

「当たり前だよ。私は浅草の町で生まれて育ったんだし」

は――、と深く長いため息を吐いてしまう。

緊張しつつも楽しみにしていたゴールデンウィークが、このような形になるなんて夢にも思っていなかった。

九尾神は私を閉じ込めてしまうし、何やら隠し事もあるようだ。

ただ、私の教えはきちんと覚えているし、頼み事も半分くらいは聞いてくれる。

何もかもお手上げというわけではなかった。

これから私は何をすればいいのか、考えてみた。

九尾神が私には見えない邪気を溜め込んでいるのであれば、それをどうにかするのが先決だろう。

もしかしたら邪気のせいで、九尾神は私を閉じ込めてしまった可能性がある。そうでなくても、何かしらの悪影響はあるに違いない。

まだ、九尾社からの脱出は諦めていない。九尾神を説得するのは止めて、次の作戦に移ろう。

気合いを入れ、私は立ち上がったのだった。

◇　◇　◇

九尾神の内なる邪気を祓うためには私の甘味祓いが有効だが、九尾神に効果はなかった。

ただ、甘味祓いのポテンシャルはこんなものではない。

そのお菓子に歴史があればあるほど効果を発揮する上に、季節と行事にちなんだお菓子も効果がアップする。

幸いにも、ゴールデンウィークには大がかりな甘味祓いをするのに適したイベントがある。

それは『端午の節句』だ。もともとは病や災いを遠ざけるために邪気祓いをして、家の繁栄を願う行事だったが、現代では『こどもの日』として伝わり、子どものすこやかな健康を祝う習慣として認識されている。

端午の節句に関する甘味といえば、柏餅《かしわもち》とちまき、草餅などか。他に、ちらし寿司《ずし》や鰹《かつお》が食卓に並ぶこともある。

柏餅は子孫繁栄、草餅やちまきは邪気祓いの意味があったような。ちらし寿司や鰹は縁起のよさから端午の節句の料理として選ばれていたに違いない。

あとは、端午の節句の飾りも用意したい。有名な五月人形と言えば、鎧飾りや兜《かぶと》飾り、金太郎などだろうか。

個人的には、以前長崎でカフェの店員さんから話を聞いた、中国の鍾馗《しょうき》飾りを推したい。さらに、神武《じんむ》天皇の飾りが鎮座していたら、心強いだろう。

あとは鯉《こい》のぼりも忘れてはいけない。あれはたしか、立身出世を願って飾るのだが、別の意味もあった。

中国の故事に、急流の滝を登り切った鯉は、出世を約束する関門『登竜門』を通り抜け、天高く昇って竜になる、という謂《い》われが伝わっている。

そこから、『鯉の滝昇り』という勢いのよいことを示す言葉が生まれたという。

鯉のぼりがあれば、ここから絶対に脱出できる。その成功祈願の象徴たるものとなるだろう。

端午の節句のお菓子や料理、飾りなどをピックアップしてみたが、他にもあったような気がする。

こういうとき、スマホで調べものができないのは辛い。悩んでいたら、お母様がやってくる。

「遥香さん、どうかしたのですか？」

「端午の節句について考えていまして――あ!!」

もしかしたら、長谷川家でも端午の節句を祝っていたかもしれない。何をしていたか、聞いてみることにした。

「あの、九尾神の邪気祓いをするために、端午の節句を盛大に行おうと思っているのですが、お母様の家では何か行っていましたか？」

「端午の節句ですか？　大したことはしていないのですが、唐衣《からごろも》を買って食べていました」

「唐衣、ですか？　初めて聞きます。それはお菓子、ですよね？」

　唐衣と耳にすると、十二単《じゅうにひとえ》装束が思い浮かぶ。

「ういろうの一種ですよ」

　なんでも唐衣は杜若《かきつばた》を模しており、『伊勢物語《いせものがたり》』に登場する『唐衣　きつつなれにし　つましあれば　はるばるきぬる　旅をしぞ思ふ』という有名な句を元に完成させた和菓子なのだとか。もちもちのういろうの中にあんこが包まれており、品のある味わいが特徴だと言う。

「杜若は燕《つばめ》、子、花と書いてかきつばたと読み、古来燕は幸せを運ぶ鳥として大切にされておりますので、燕が寄ってくる花——すなわち幸せの象徴として伝わっております」

　杜若をイメージして作った唐衣を食べることにより、幸せがもたらされるのではないか、と唐衣を端午の節句にいただく意味について話してくれた。

「いいですね。幸せを食べられるなんて。ぜひとも作ってみたいのですが、スマホがないのでレシピを調べられないですよね」

「ういろうの作り方ならば存じています」

「だったら、私が中に包むあんこを炊いたら、唐衣ができますよね？」

「ええ」

そんなわけで、共同作業で唐衣を作製することに決まった。

小豆を仕込んでおく必要があるので、作るのは明日にしよう。

「他に、端午の節句にしていたことはありますか？」

「あとは、薬玉《くすだま》を用意していました」

「薬玉、というと、運動会にお手玉を当てて割る物しか想像できないのですが、違いますよね？」

「ええ。ぜんぜん違います」

私がイメージしやすいよう、お母様は絵を描いてくれた。

「我が家ではさまざまな大きさの菊や榊《さかき》などを買ってきて、球体になるように編んで、飾り紐を垂らしたのを飾るんです」

古来玉の形は美しく、尊いとされ、呪力を持っていると信じられていたらしい。

「というわけで、薬玉は悪いものを遠ざける、魔除《まよ》けですね」

疫病が流行りやすい梅雨や酷暑を乗り切るために、時節の花や薬草を摘んでせっせと作っていたようだ。

「他にも、端午の節句は薬と縁が深い行事でして——」

端午の節句は昔、『薬猟《くすりがり》の日』とも呼ばれていたのだとか。

「その日は男衆は薬効がある鹿の角を狩り、女衆は菖蒲《しょうぶ》や蓬《よもぎ》などの薬草を集め、湯に入れて入浴していたそうです」

菖蒲には血行促進や疲労回復、蓬には冷え性の改善や貧血予防などの薬効があるらしい。さらに、菖蒲の葉は刀に似ていることから、邪気祓いの効果も期待されていたようだ。

「はー、端午の節句と一口に言っても、さまざまな習慣があるのですね」

「ええ。いろいろと面白いですよ」

お母様は大学時代、日本の民俗学も専攻していたらしい。そのため、生き字引の如《ごと》く詳しいのだろう。

「日本の古い習慣は、調べているとゾッとするような恐ろしいものもあって、とても興味深かったです」

お母様は活き活きしながら語っていたが、怖い話を聞くと夜に眠れなくなるので、話半分に耳を傾けた。

さて、端午の節句に必要な物のリストアップを終え、九尾神のもとへ持っていく。

「九尾神、五月五日に端午の節句を祝いたいんだけれど、家にない物があって、買ってきてくれるかな？」

『遥香、端午の節句とはなんだ？』

「えーっと、九尾神の健康を祈るお祝い事、かな」

邪気を祓うための強力な行事だが、適当に誤魔化しておく。

『食材だけじゃなくて、人形や飾り、花も必要なのか？』

「そうみたい。大丈夫そう？」

『うーむ』

さすがの九尾神も、これだけの品々をひとりで購入するのは不安を感じるらしい。行く先はスーパーだけでなく、百貨店やお花屋さん、雑貨店など多岐にわたるので無理もないだろう。

「九尾神、私が一緒にお買い物に行こうか？」

『それはダメだ！』

「役に立つ自信があるんだけれどなー」

『ダメなものは、ダメだ！』

今ならいける！　と思ったのだが、やはり無理らしい。

『一郎を同行させようか。しかしながら、あやつは余計な口を利くし……背に腹はかえられないか』

「あの、もしかして九尾神は一郎伯父さんに化けて、一郎伯父さんと一緒にお買い物に行こうとしてる？」

『そうだが？』

なんだ、その面白そうなお買い物ツアーは。

ただ、双子のようにそっくりな中年男性が、寄り添ってお買い物をしていたら、目立ってしまうだろう。

「たぶんだけれど、かなり注目を集めるだろうから、一郎伯父さんとは、買い物しにくいと思う」

『それは我も同感だ』

ここでピン！と閃いた。別の人と行けばいいのだ。

「だったら、義彦叔父さんとかどう？」

『誰だ、それは？』

「一緒に豆まきしたときに、鬼と化していた男の人、覚えていない？」

『あー、いたな』

永野本家の三男で、一郎伯父さんと父の弟である。永野家の中でも中立的な立場にいるため、九尾神に対しても公平な態度で接してくれるに違いない。

ジョージ・ハンクス七世が私の肩によじ登ってきて、耳元で囁く。

『おい、遥香。お前の両親じゃなくていいのか?』

「ふたりとも今の時間は仕事だから」

それに、父は永野家が関わった事情であれば、泣き寝入りする可能性があるのだ。

『いや、さすがに娘が攫われているのに、見て見ぬ振りはしないだろうが』

「なんか、その辺怪しいんだよね」

義彦叔父さんは最近自宅での仕事が多いと話していたし、絶対に私の味方になってくれる。

義彦叔父さんであれば手紙に暗号でも仕込んだら、気づいて何か手を打ってくれるだろう。さらに義彦叔父さんの下には、マダム・エリザベスがいる。彼女の力もなんとかして借りたかった。

「義彦叔父さん、おいしい料理が食べられるお店とかも知っているから、息抜きにもなると思うよ」

『そうだな……。わかった、義彦の協力を仰ごう』

買い物リストを九尾神が受け取ろうとしたのだが、寸前でサッと回避する。

「ごめん。他にも買ってきてほしい物を思い出したから、リストアップし直すね」

『サクッと頼むぞ』

思いついた暗号は、めちゃくちゃ単純な縦読みである。加えて、義彦叔父さんへ手紙を書く振りをして、文章の中から『た』を抜く暗号を完成させていった。仕上げに狸《たぬき》の絵を添えるが、いまいちよく描けない。でも、義彦叔父さんならば察してくれるだろう。そう期待して、九尾神へ託した。

義彦叔父さんの家は、案内せずともわかると言う。

『では、行ってくるぞ！』

「いってらっしゃい」

お母様と共に、笑顔で送り出したのだった。

果たして、この作戦は成功するのか。義彦叔父さんとマダム・エリザベスに賭けるしかなかった。

◇◇◇

九尾神がいなくなり、再び結界の仕掛け探しを行う。

今日は別視点から探してみることにする。

家全体を覆う結界なので、仕掛けも大がかりだろうと思っていた。しかしながら、逆に見つからないように小規模の物である可能性にも気づいたのだ。

戸棚の裏、洗面器の底、家具と壁の隙間など、ありえない場所に隠れているかもしれない。

隙間や目が届かない高い場所などは、ジョージ・ハンクス七世や白綿神が確認してくれると言う。

そんなわけで私とお母様、ジョージ・ハンクス七世と白綿神とふた組に分かれて調査を開始する。

ジョージ・ハンクス七世と白綿神は一夜を共にしたからか、ずいぶん打ち解けているように見えた。小さき存在達《もの》が肩寄せ合って、仲良くしている様子を見るのは、大変癒やされる。

「ジョージ・ハンクス七世と白綿神は、二階の屋根裏とクローゼットをお願い」

『任せろ！』

『わかった』

私とお母様は一階を改めて調査する。

ひとまず二時間ほど、集中して行うことにした。

「では、遥香さん、台所から探してみましょうか」

「はい！」

台所は案外広く、観音開きの大型冷蔵庫がどん！　と鎮座している。

中にはキャビアやトリュフなどの高級食材が詰まっているという、夢みたいな冷蔵庫である。

食器類も高級な海外ブランド物で揃えられていた。この辺は一郎伯父さんの趣味ではないだろう。

お皿を一枚一枚捲って確認し、鍋の底や蓋なども見ていく。

頑張って探したものの、それらしき物は見つからない。

「あとは、ここの床下収納ですね」

お母様が床下収納を開いたが、中は空っぽだった。

「ここにもないみたいですね」

床下収納はキッチンマットの下にあり、隠れていたのによく発見したものだ。なんて考えていたら、「あ!!」と叫んでしまう。

「遥香さん、どうかしたのですか？」

「ここの家、もしかしたら地下室があるかもしれません」

物語におけるお約束では、怪しい魔法や呪いなどは、人に見つかりにくい地下で実行する。

結界の仕掛けが発見されないように、地下に隠しているかもしれない。

「なるほど、地下ですか。こういった和風の造りの家にはあまりないイメージですが、探してみる価値はあるかもしれません」

そんなわけで、地下部屋を捜索してみる。

「あの、お母様、地下部屋の出入り口って、台所にあった床下収納みたいになっているのですか？」

「いいえ、普通は扉があって、階段を使って下りるみたいな形になっているのですよ」

お母様のご実家は地下部屋があり、ワインや不要品などが置かれていたらしい。

「いいですね。地下部屋って、なんだかドキドキします」

「皆そんなことを言いますが、湿気が籠もりやすくて、外の気温と地下の温度差で結露が発生しやすいので、カビとの戦いになるんですよ」

「それは、だいぶ困りますね」

対策として除湿機は常にかけるようにしたり、結露防止の塗料を塗ったり、カビにくいものを部屋に置いたり、と管理に頭を悩ませていたようだ。

「地下部屋は憧れだけで止めておいたほうがよさそうです」

「それがいいかと思います」

一階は畳部屋なので、カーペットなどは敷いていない。そのため、隠されているような怪しい場所はほぼない。

「やっぱり、地下部屋はないのでしょうか？」

「あるとしたら、畳の裏とか」

「畳！　たしかに、地下部屋の出入り口を隠す場所としてはうってつけですね」

喜んだのも束の間のこと。一階部分はほとんど和室なので、いったい何枚の畳を剝げばいいものなのか、と絶望的な気持ちになる。

「えーっと、では、私が畳を剝がしますので、お母様は地下への出入り口があるか確認していただけますか？」

「あら、いいのですか？」

「もちろんです。こう見えて、力持ちですので」

社会人になってから倉庫整理という名の雑用で鍛えた筋肉を、ついに使うときがきたようだ。

気合いを入れて、畳を一枚一枚剝がしていった。

「よいしょー！」

「ないです」

「せい！」

「ありません」

「どっこいしょ！」

「ないようです」

繰り返すこと数十回——畳をすべて剝がして見たが、地下部屋への出入り口は見つからなかった。

「こ、腰が……！」

「遥香さん、大丈夫ですか？」

「な、なんとか」

調査開始から二時間ほど経っていたようで、ジョージ・ハンクス七世と白綿神が戻ってきた。

「ジョージ・ハンクス七世、そっちはどうだった？」

『屋根裏部屋はいかがわしい本しか見つからなかったぞ』

「それは見なかった振りをしてあげて。っていうか、今の時代にそんなところに隠す人がいるんだ……」

そんなことはさておき。ふたりとも一生懸命探したようだが、それらしい物は見つからなかったと言う。

「私達も地下部屋がないか、畳を剝がして確認してみたんだけれど、発見できなくて」

『地下か。結界のしかけを隠すにはうってつけの場所だな』

「でしょう」

台所の床下収納をもう一度探してみようか。なんて提案をしていたら、白綿神が待ったをかける。

『床下から、風の音、聞こえる部屋、あった』

「え、本当!?　どこで聞いたの？」

『物置』

「あ！」

そういえば、物置を探したさい、白綿神が『ひゅー、ひゅー』と呟いていた。

「あのとき、風の音がしていたんだ！」

『そう』

物置まで急ぎ、部屋の中を探る。

私やお母様には風の音は聞こえなかったが、ジョージ・ハンクス七世はわかったようだ。

『遥香、この木箱の下だ！』

「えっ、これ、中身ワインだよ。しかも、蓋に杭《くい》が打ち付けてある」

地下部屋への出入り口を隠すために、わざわざ置いたに違いない。

ジョージ・ハンクス七世と協力して木箱を押して、カーペットを剝がす。

すると、床下収納に似た出入り口が出てきた。

「あ、ありました!!」

「開けてみましょう」

戸を開くと、梯子《はしご》が見えた。これを伝って地下に下りるらしい。

「あ、たしかに、風の音が聞こえる。これは、サーキュレーターか何かかな？」

「地下の結露対策に、二十四時間稼働しているのかもしれませんね」

まずはジョージ・ハンクス七世が先に下りて、中の様子を確認してくれると言う。

梯子を使わずに、そのまま飛び込んでいった。勇敢な式神ハムスターである。

『遥香、暗いぞ！　ライトを点けたスマホを落としてくれ』

「わかった」

ジョージ・ハンクス七世のキャッチが失敗したら、スマホの画面はバキバキになる。

今は彼を信じて、「せーの」のかけ声と共にスマホを地下部屋へ投げ入れた。

『よっ――と！　遥香、受け取ったぞ』

「ありがとう」

中を照らし、様子を探ってもらう。

下りてすぐは通路になっており、まっすぐに進むと開けた部屋があるようだ。

『こ、これは――!?』

「ジョージ・ハンクス七世、何かあった？」

『ここに下りてくるのは、遥香だけにしておけ』

おそらく、とんでもない物を目にしてしまったのだろう。

お母様と白綿神のほうを見たら、ふたりともわかった、とばかりに頷いてくれた。

『遥香、地下はとにかく邪気が充満している！　覚悟しておけ』

「ジョージ・ハンクス七世は大丈夫？」

『なんとかな！』

ジョージ・ハンクス七世が梯子を照らす中、梯子に足をかける。

ぐっと一段下がった瞬間、ぞわっと背筋が凍るような悪寒を感じた。

「な、何、ここ……」

『遥香、邪気に呑まれないように気を付けろ』

「わ、わかった」

地下に下り立つと、息苦しさと寒気、気持ち悪さに襲われた。

スマホを受け取って内部を照らしても、いまいちよく見えない。

壁を伝って、開けた場所まで進んでいく。

邪気はだんだんと濃くなっていた。ジョージ・ハンクス七世と合流する。まずはこの邪気をどうにかしなければならないだろう。

「ちょっとお祓いを、してみるね」

『無理はするなよ』

左右の人差し指と中指を揃えて立て、バツを作るような印を結ぶ。これは怪異を祓うときに行う陰陽術だ。

最大出力で展開してみたのだが、効果はなし。

「うう、情けない」

『気にするな！』

一度、一階に戻ったほうがいいのではないか、と思いかけた瞬間、地下部屋に変化が起こった。

床に刻まれていたらしい呪文が真っ赤に光り始め、邪気を吸収していく。

「えっ、これ、なんなの!?」

『結界の術式か!?』

一気に部屋にあった邪気はなくなった。

ライトを当てると、床に血で書いたような禍々《まがまが》しい呪文が描かれているのが見える。

呪文は漢字だと思われるのだが、筆跡が崩れているので読めそうにない。周囲には、鬼の仮面や包帯が巻かれた包丁、誰の物かわからない長い髪の毛などが、点々と置かれていた。

「きゃあ！」

『き、気持ち悪いな！』

上からお母様が「大丈夫ですか？」と声をかけてくる。

「へ、平気です。その、呪われてそうな品があったものですから」

「私が確認してみましょうか？」

大学時代に民俗学を専攻していたお母様ならば、これらが何かわかるかもしれない。

もう邪気はないし、地下に下りてきてもらうよう頼んだ。

地下に下り立ったお母様は、置かれた品々を見て驚愕していた。

「これらは、博物館に展示されているような、稀少《きしょう》な骨董品ばかりです」

はっきり目利きできるわけではないようだが、江戸時代より前の品であることは確実だと言う。

「そしてこの文字は……！」

「お母様、解読できるのですか？」

「これは万葉集《まんようしゅう》などで使われていた、〝万葉仮名《がな》〟だと思われます」

少しだけわかるらしい。お母様は険しい表情で、呪文を読み始める。

「――あさくさ……じゃき……ひきかえ……けっかい」

あとは文字が潰れていて読めないと言う。しかしながら、これだけわかったらもう十分だろう。

「浅草の町の邪気を使って、ここの結界を展開させている、というわけですね」

『間違いないだろうな』

周囲にある骨董品は結界を作るための媒体だ。たぶん九尾神の私物ではないだろう。永野家が用意したに違いない。

「遥香さん、これらの骨董品はどこから持って来たのでしょうか？」

「たぶん、永野家は昔から、こういう品を蒐集《しゅうしゅう》していたんだと思います」

以前、鬼の仮面に取り憑かれた義彦叔父さんが、物置に古い品がたくさん置かれている、と話していたのを思い出す。鬼から身を守るために集めていた物だ、なんて言っていたが、前回起こった事件を顧みると信憑性《しんぴょうせい》は極めて低い。

「永野家の人達は、きっと昔から、いわく付きの品物を使って、怪異事件を起こしていたのでしょうね……」

ある事件では死傷者が出た。『ホタテスター印刷』の騒動では長谷川係長はケガを負っている。他にも、邪気の影響でたくさんの人達に影響を及ぼしていたのだ。

それらがすべて永野家の主導であるのならば、赦されることではないだろう。

この結界の仕掛けも巧妙だ。浅草にいる人々が発する邪気を効率よく収集し、結界に使うなんて、いったい誰が考えたのか。

それよりもショックなのは、永野家はすでに、邪気を扱う方法を把握していたのだ。

私のこれまでの頑張りはなんだったのか。

こうして人々の邪気を集める方法があるのならば、陰陽師なんて必要ないだろう。

がっくりうな垂れていると、お母様が心配そうに声をかけてくれた。

「遥香さん、大丈夫ですか？」

「はい、ありがとうございます」

お母様の手を借りて立ち上がり、結界の仕掛けを睨んだ。

「永野家の人達は、これまでも、自作自演で事件を起こしていたのでしょうね」

いったいなぜ？

それについては、当事者から聞くしかない。

「ここは手を出さないほうがよさそうです」

「ええ、そうですね」

義彦叔父さんがなんとか手を打って、状況を打開してくれるのを期待するしかなかった。

待つしかない私達は、端午の節句の準備を始めることにした。

挿話　長谷川正臣の憤怒

ゴールデンウィーク初日だが、彼女の実家を訪問すると、遥香さんのお父様しかいなかった。遥香さんのお母様のほうはスーパーに勤務しており、祝日は忙しいらしい。

突然の訪問だったが、お父様は快く迎えてくれた。

お母様と契約している式神ハムスター、ルイ＝フランソワが茶を淹《い》れてくれる。

『粗茶でしゅ』

「ありがとう」

さっそく、遥香さんが九尾神に連れ去られてしまったことを説明すると、激しく動揺しているようだった。

急いで当主である父親に連絡したようだが、彼の表情が凍り付く。

電話を切ったあと、呆然としていた。

いったい何を言われたのかと問いかけると、驚愕の答えが返ってきた。

「一郎兄さんが九尾社を追放されていたから、ちょうどいい、と」

「なっ⁉」

なんでも一郎氏は九尾神の反感を買い、九尾社から追い出され、外から入れないようになっていたらしい。

九尾社がある辺りの結界は、外部の人間だけでなく、永野家の者達の行く手も阻んでいたようだ。

「私の実力では、遥香を救出できない……！　長谷川さん、頼む、遥香を助けてくれ！　鬼である長谷川さんならば、もしかしたら、どうにかできるかもしれないから」

お父様は深く頭を下げ、懇願する。

「本当に、情けない話だ」

「いいえ、そんなことはありません。相手は神ですから、人の力が及ばないのは当たり前なんです」

九尾神相手にどうにかしようと思うこと自体、間違っているのかもしれない。

けれども、今回の件はどうしても見過ごせなかった。

「役に立たない話かもしれないが――九尾神には力を抑える木札がついている。その繋がりをきっかけにしたら、なんとか内部に侵入できるかもしれない」

お父様は木札が収められていた箱を持ってくる。

「その木箱は木札を作製した木と同じ物から作られているんだが、もしかしたら引かれ合うかもしれない」

ただ、このままではきっかけにならないと言う。

「木箱に布があるだろう？　白い布が入っていると思うのだが」

「はい、あります」

「布も木札や木箱と長い年月、共にあったものなんだが、それをどうにかして遥香に渡して、長谷川さんの名前を刺繡《ししゅう》させたら――」

「九尾社の中に引き寄せられるきっかけになる、というわけですね？」

「そうだ」

問題はどうやってこの布を、九尾社の内部に持ち込めばいいのか。

「義彦のところのマダム・エリザベスであれば、何か方法を編み出してくれるかもしれない」

なんでもマダム・エリザベスは隠密《おんみつ》活動を得意としているらしい。呪術についての知識も豊富なので、何か手段を考えてくれるだろう。

「あとは、モチオ」

『なあに？』

お父様と契約している式神ハムスター、モチオ・ハンクス二十世が、菓子器から這《は》い出てのろのろやってくる。

「長谷川さんの力になってくれ」

『えー、めんどい』

「命令だ」

『やだなー』

お父様はそれ以上何も言わず、懐から財布を取り出す。中から五百円玉を取りだし、モチオ・ハンクス二十世へと差し出した。

モチオ・ハンクス二十世はそれを受け取ると、こちらを見てため息をつく。

『協力するから、なるべく早く解決して』

どうやら、五百円で助けてくれるらしい。

『あ、あの！』

声をかけてきたのは、ルイ＝フランソワである。いったいどうしたのか。

『僕も、協力させてくだしゃい!!』

話を聞いていて、遥香さんのことが心配になったらしい。

助けの手はひとつでも多いほうがいいだろう。ただ、お母様の了承を得ずに連れて行っていいものなのか。お父様を見ると、こくりと頷いていた。

「妻には私から事情を説明しておく。迷惑でなければ、ルイ＝フランソワも連れていってくれ」

「助かります」

そんなわけで、モチオ・ハンクス二十世とルイ＝フランソワと共に、遥香さんの叔父である永野義彦氏の家を目指す。

連絡はお父様がしてくれるようだ。さらに、タクシーまで手配してくれた。

義彦氏が暮らすマンションまで急ぐ。

ルイ＝フランソワはたまに遊びに行くようだ。慣れた様子で、エントランスの呼び出しボタンを押してくれた。

一回目は応答なし。ゴールデンウィーク初日なので、どこかに出かけているのではないのか。そう呟いたら、モチオ・ハンクス二十世が『それはない』と言い切る。

『義彦は昨晩、朝までオンラインゲームをしていた。だから、たぶん寝てる』

「そうだったんだ」

ちなみに、モチオ・ハンクス二十世も彼とネット通信でゲームを共にしていたらしい。夜通しゲームをするのは、義彦氏にとってよくあることのようだ。

二回目の呼び出しで、応答があった。

『ごきげんよう――って、長谷川様ですの!?』

マダム・エリザベスの声であった。すぐさまエレベーターのフロアに繋がる扉が開かれ、中に入る。

出迎えてくれたのも、マダム・エリザベスであった。

『あら、長谷川様——と、遥香さんはいらっしゃらないのですか？』

「あ……」

こちらの微妙な反応で、何か察してくれたようだ。ここでは何も聞かずに、部屋の中へと招き入れてくれた。

『昨日、清掃業者に入ってもらって、珍しくピカピカですの。普段はとっても汚くって、ゴミ屋敷ですのよ』

そんなことを話しながら、マダム・エリザベスはキッチンに行ってお茶を淹れる用意をしてくれた。

ルイ＝フランソワも彼女のもとに続き、手伝い始める。

『長谷川様、しばしお待ちくださいね。義彦さんを起こしてまいりますので』

「すみません、突然押しかけたのに」

『いいえ、お気になさらず』

マダム・エリザベスは優雅に紅茶を運び、『召し上がれ』と言って勧めてくれる。

そのままの足取りで、寝室のほうへ向かったようだ。

義彦氏に呼びかける声が聞こえていたが、途中からどす！　どす！　と重たい物音が聞こえてくる。いったいどのようにして起こしているのか。

待つこと十五分——義彦氏がスウェット姿で現れた。

「やあ、長谷川さん。節分の日以来だね」

「ご無沙汰しております。すみません、突然伺ってしまって」

「いやいや、いつでも大歓迎だよ」

瞼が腫れ、まだ目が開ききっていないような顔で、朗らかに言葉を返してくれる。

申し訳ないと思ったものの、緊急事態だ。一刻も早く、協力を仰ぎたい。

「それで、どうかしたのかな？　遥香ちゃんは？」

今日あった出来事を話し始めると、義彦氏とマダム・エリザベスの表情が硬くなっていく。

「どうにかして、九尾社に侵入し、この布を遥香さんに渡したいのですが——」

「なるほど、そういうわけか。やっぱり、大変な事態になっちゃったんだね」

義彦氏は遥香さんが幼少期から、心配していたと言う。

「あの子は特殊な存在に好かれやすい子だったんだ。だから、兄さんも義姉さんも、苦労したと思うよ」

なんでも幼少期の遥香さんは、怪異に連れ去られそうになったり、神でもなく怪異でもない不可解な存在に付きまとわれたり、生き霊と友達になっていたりと、さまざまた事件を起こしていたらしい。

母方の祖母が一時期、浅草で暮らしていたことがあったという話を聞いていた。

それは遥香さんが人ならざる存在に好まれやすい体質を、どうにかするためだったらしい。

「毎日、遥香ちゃんが眠ってから、祈禱をしていたって言うんだ」

中学生の頃からは祈禱の成果もあって、そういった事件は起こらなくなった。

けれども大人になって、九尾神に気に入られてしまうという不幸に襲われる。

「遥香ちゃんって、本当に不思議な子で、人だけじゃなくて、人ならざる存在も彼女を大好きになっちゃうんだろうね」

「気持ちはよくわかります」

最初は前世の気持ちに引っ張られて、彼女に好意を抱いていると思っていた。

自分の中にふたつの記憶、ふたつの感情が存在し、どれが本当なのかわからなくなっている時期もあった。

けれども途中から、前世の記憶や感情は自分のものではないと気づく。

彼女に惹かれたきっかけは、月光の君の記憶があったからかもしれない。

しかし、今では自分自身が彼女を愛している、とはっきり言うことができる。

「えーっと、だったらどうしようかな。長谷川さんはここに滞在してもらって、作戦を練って――」

『いいえ、長谷川様はいったん、ご自分の家に帰ってくださいませ』

「えっ、どうして？　遥香ちゃんを一刻も早く救出するためには、長谷川さんにいてもらったほうがいいのでは？」

『もしもここが襲撃されたら、せっかくの作戦が台無しになるでしょう？』

「あ、そっか」

何かできることはあるかと尋ねたら、マダム・エリザベスはしばし考える素振りを見せ、ひとつだけ頼み事をしてきた。

『モチオ・ハンクス二十世と、ルイ＝フランソワをわたくしの傍に置いてくれますか？』

ふたりを見ると、問題ないとばかりに頷いていた。

『あとは例の布も、対策を考案しますので、一晩、預からせていただきます』

マダム・エリザベスであれば、何かいいアイデアが浮かぶかもしれない。彼女を信用し、布を託す。

「では、何か決まるまで、家で待機しておきます」

引き連れていた式神ハムスターと別れ、家路に就く。

すっかり話し込んでいたようで、辺りは真っ暗になっていた。

帰宅後、お母様から電話がかかってきた。

『もしもし、長谷川さん？』

「はい」

『話は聞いたわ。遥香が誘拐されたのですって？』

「申し訳ありません」

ご両親にとって大切なひとり娘を、傍にいたのに助けることができなかった。

いくら謝っても謝りきれない。

「本当に、なんと謝罪していいのやら」

『ええ……でも、なんだか、嫌な予感はしていたから』

九尾神への対策について、お母様はすでに宮司である自らの父に相談していたらしい。

『あのね、ちょっとアレな話になるんだけれど、もしも九尾神が何かおかしな行動をしたら、すぐに斬るように助言されていたの』

「それはなかなか……なんと返せばいいのでしょうか」

『物騒でしょう？』

九尾神はこれまで多くの前科がある。悪しき行為は神になったからと言って、許されるわけではない。だから斬っても問題ない、と断言していたようだ。

『それでね、父がうちにお祭りで使う、鬼の神刀を送ってきたのだけれど、長谷川さんに渡しておくわ』

「鬼の神刀、ですか?」

なんでもお母様の神社では、鬼を神として祀る神事があるらしい。

神刀は祈禱のさいに使っていた神具のひとつのようだ。

ありがたい話であるが、使えるかが心配である。

「以前、神刀を手にしたことがあったのですが、反発されてしまって」

『あー、相性が悪いのかー。でも、これは鬼属性の神刀だから、親和性はあるかも』

「しかし、私なんかが触れて、壊れでもしたら」

『大丈夫、大丈夫! 心配しないで。とにかく、見るだけでもいいから』

明日にでも来てほしいと頼まれる。ここまで言われてしまったら、無下に断れない。

「わかりました。明日、訪問します」

『ええ、申し訳ないけれど、お願いね』

電話を切ったあと、ふー、とため息が零れる。お母様の様子が比較的明るかったのが救いだった。

明日のため、今日はしっかり就寝しないといけないだろう。

おそらくぐっすり眠れないだろうから、久しぶりに強い酒を飲んで寝た。

翌日、少し早めに家を出る。

遥香さんの実家を訪問するには早いので、先に義彦氏のマンションに顔を出すか。

なんて考えているところに、まさかの遭遇があった。

『んんん？　そこにいるのは、正臣ではないのか？』

聞き慣れた声に、即座に反応する。

目の前に突如として現れたのは、一郎氏の姿に化けた九尾神であった。

禍々しい気を発していたので、すぐにわかったのだ。

「お前は――!!」

『ははは、余裕がなくなって、言葉が乱れておるぞ！』

すぐに首根っこを摑もうとしたが、九尾神は宙に浮いて見下ろしてきた。

同時に、何か結界のようなものを張り、周囲に人が近づけないようにしたようだ。

辺りには何人か人がいたはずだが、姿を消している。九尾神がどこかに飛ばしたのだろう。

『こうでもしないと、人を巻き込んでしまうからな。被害者がでたら、遥香が悲しむゆえ』

神らしい行動のように思えるが、単に遥香さんの教えを守っているだけである。彼女がいなかったら、関係のない人が死ぬことなど、なんとも思わないだろう。

「遥香さんはどうした？」

『九尾社で楽しく暮らしておるぞ。しかし、たまに寂しそうにしているときは、こうやって励ますのだ！』

九尾神の姿が揺らぎ、光に包まれる。変化の術を使ったようだが、化けた対象に驚いてしまう。

『こうしてな、正臣の姿になってやっているのだ。優しく抱きしめて、甘い声で囁いたら、遥香はたちまち元気になる』

「あほらし」

思わず、本音が零れてしまった。

なんというか、呆れたの一言である。遥香さんがそんな手口に引っかかるはずがないのに。

九尾神は嘘をついているのだろう。

『嘘ではないぞ！』

「だったら、遥香さんを連れてきて。直接話を聞きたい」

『それは――』

九尾神は空中で一回転し、再び変化の術を使う。

化けたのはあろうことか、遥香さんだった。

『正臣くうん、私達、お別れしましょう』

遥香さんが絶対にしない憎たらしい表情で言ってきたので、即座に腕を摑んで背負って投げる。

しかし、九尾神の体は地面に叩きつけられず、煙のように消えていった。

いったいどこにいったのか、と辺りを見回していたら、頭上に姿を現す。今度は子狐の姿だった。

『お前、遥香の姿でも容赦なく攻撃できるんだな。なんとも残酷極まりない男よ』

「調子《いちび》に乗ってからに」

『ははははは！』

九尾神は手の届かない高いところまで飛び上がり、こちらを嘲笑《あざわら》う。

奥の手用に取っておいた人形を取り出し、九尾神に向かって投げた。

『んん、なんだ？』

鳥のように飛びあがった人形は、九尾神を猛追《もうつい》し、即座に爆《は》ぜた。

どん!!　と大きな音が鳴り、煙が上がる。

これは父が母に託して持たせてくれた、式神型の呪符だ。攻撃する対象に貼り付けずとも、勝手に飛んでいって攻撃してくれるのだ。

やったか——と思ったが、空に九尾神の姿はない。

『くそっ、正臣め!!』

どうやら外したらしく、九尾神はすぐ背後に現れた。

さらに、人形を放つ。今度は三枚一気に投げた。

人形はスイスイ飛んでいき、九尾神にピタッと密着する。

一枚は炎が上がり、一枚はナイフのような竜巻が立ち上り、一枚は水柱が上がる。

どれも九尾神は寸前で回避していた。

『正臣、許さんぞ!!』

晴天に、雲が押し寄せる。チカッと光ったかと思えば、雷鳴が轟《とどろ》く。

どかん!! と轟音《ごうおん》を鳴らし、雷が落ちてきた。

とっさに守護の人形を自らに貼り付ける。雷はすぐ近くに落ちたようだ。

『ふふ……正臣よ、わざと外してやったんだ。心優しい遥香は、お前が死ぬのを望んでおらぬからな』

九尾神は目の前にやってきて、挑発するように言った。

『遥香のことは千年も想っていたから、もう十分だろうが。諦めろ』

「九尾神!!」

拳を突き出したのと同時に、九尾神の姿は忽然《こつぜん》と消えてなくなる。

結界も消失し、人通りのある道に戻った。

呆然とその場に立ち尽くしてしまう。

実力は天と地ほどもひらきがあった。今の状態では、九尾神から遥香さんを取り返すことなんて不可能だろう。

それに、思ったよりも時間がかかっている。

九尾神とやりあっていたのは五分とかかっていないように思えたが、スマホで時間を確認したら二時間も経っていた。

おそらく、九尾神の作りだした空間は時空が歪《ゆが》んでいるのだろう。

遥香さんのご両親と約束している時間になってしまったので、義彦氏のマンションにはいかずに、彼女の実家を訪問する。

彼女と来たときと変わらない様子で、お母様が出迎えてくれる。

「さすが長谷川さん、時間ぴったりね」

「どうも、ご無沙汰しております」

「ささ、入って」

「お邪魔します」

ご両親が揃ってから、先ほど九尾神に出くわしたことを報告した。

「ちょっと、長谷川さん、大丈夫だったの？」

「はい。運良く父が持たせてくれた呪符があったものですから、なんとか応戦できました」

ただ、攻撃は通用していなかった。相手は神であり、元怪異である。人の力で倒せるような相手ではないのだろう。

わかっていたのだが、いざそういう場面に直面してしまうと、悔しさだけが募っていく。

「遥香さんは、元気に過ごしていると、九尾神が口にしていました」

あの話を真に受けていいものか怪しいが、ご両親は心配していただろう。少しでも気持ちが楽になれば、と判断し話してみた。

「そう。いい意味で図太い子だから、なんとかやっているだろうって夫と話していたわ。でも、そういう話を聞くと安心するわね」

「ああ、そうだな」

ご両親を前にしていると、本当にふがいなく思ってしまう。

九尾神に勝つには、このままではいけない。かと言って、鬼化するような事態にはしたくなかった。

深々と頭を下げ、懇願する。

「あの、よろしければ、鬼の神刀を見せていただけないでしょうか?」

「あ！　そうだったわね。ちょっと待っていてね」

鬼の神刀がお披露目される。

お父様は初めて見たようで、険しい表情で覗き込んでいる。

プチプチに包んで保管されていた鬼の神刀は、柄《つか》と鞘《さや》、ともに真っ赤だった。

通常、赤は血の色を連想するはずなのに、鬼の神刀の赤はどこか神々しく感じてしまう。

「この鬼の神刀、とっても変わっているの。こうやってね、鞘から抜くとね」

「え!?」

驚くべきことに柄の先に刀身がついていないのだ。

「鬼の神刀は、鬼が握って初めて刀身が生まれるのですって。だから、長谷川さんにうってつけの刀だと思って」

お母様は柄を鞘に納め、こちらへ差し出してきた。

「長谷川さん、抜いてみてちょうだい」

以前、神刀を摑んだときのように、火花が散るかもしれない。一度、鬼の神刀をテーブルに置いてもらい、ご両親には離れていただいた。

息を大きく吸って、はきだす。心を落ち着かせてから、鬼の神刀の柄を握った。

また、神刀に拒絶されるだろう。そう思っていたのに、何も起こらない。

それどころか、鬼の神刀は妙に手に馴染んでいた。

どくん、どくんと胸が脈打つ。

全身が熱くなっているような気がして、落ち着かない。

もう片方の手で鞘を握り、柄をぐっと引いた。

すると、中から黒い刀がすらりと出てきた。

「これは――!?」

じわじわと刀から力が溢れているのを感じる。

これさえあれば、九尾神に勝てるかもしれない、という自信も漲《みなぎ》ってきた。

「長谷川君、すごいわ！　鬼の神刀を使う資格があるってことよ！」

驚いた。まさか、神刀を揮《ふる》えるなんて。

「やっぱり、長谷川さんは鬼だから、親和性があるって確信していたの！　本当によかったわ！」

鬼の神刀はしばらく預けてくれると言う。このままだと持ち歩くのは大変だろうから、と竹刀入れを用意してくれた。

「これに入れていたら大丈夫だと思うわ。調べられても刀身がないから、まあ、職務質問を受けても平気でしょう」

念のため、お父様特製の不可視の呪符を竹刀入れにつけてもらった。これで警察に引き留められることもないだろう。

何があっても遥香さんを救出しないといけない。

「かならず、遥香さんを連れて戻ってまいりますので」

そんな言葉と共に、ご両親と別れたのだった。


マンションの外に出ると、スマホの着信音が鳴る。

義彦氏からの電話だった。

『あーもしもし、長谷川君？　今大丈夫？』

「ええ、大丈夫です」

路地に入り、人の往来の邪魔にならない場所で通話を開始する。

『驚かないでほしいんだけれど、今さっき、九尾神がやってきたんだ！』

「いったいなぜ？」

『それが、遥香ちゃんが九尾神のために端午の節句をしたいようで、食材や飾り物を用意してほしいって』

遥香さんは九尾神に託した買い物メモに、暗号を入れていたらしい。

そこには母と一緒にいること、助けてほしいこと、端午の節句に大規模な邪気祓いをするので、その日がチャンスだ、と書かれてあったようだ。

『買い物はネットスーパーで注文して、人形はデパートの外商に頼んで持ってきてもらったよ。買い物したものを九尾神に渡したときに、例の布とハムスター式神達を仕込んでおいたから。きっと今頃、九尾社に到着している頃だろう』

マダム・エリザベスが得意とする気配遮断を使い、忍び込むことに成功したと言う。

ハムスター式神達がいれば、遥香さんも心強いだろう。

どうやら一番に彼に頼って正解だったようだ。

つい数時間前までは絶望しか抱いていなかったのに、風向きが変わった。

遥香さんも九尾社で頑張ろうとしてくれている。その想いにも、応えないといけないだろう。

「本当に、何もかも、ありがとうございます」

『礼を言うのはこっちのほうだよ。ありがとう。そして、遥香ちゃんのことを頼むよ』

「はい、もちろんです」

通話を終えたあと、ある人物に連絡を取る。

『彼』とは不仲であったが、遥香さんを助けるため、協力すべきときが訪れてしまった。

端午の節句まであと三日――当日までに、鬼の神刀をなんとか自分のものにしないといけない。
わだかまりの気持ちなんて構っていられなかった。

第四章

端午の節句をしましょう！（※ただし、邪気祓い狙い）

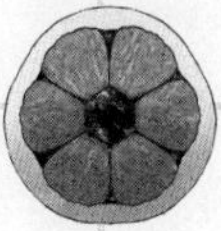

思いのほか早く、九尾神は戻ってきた。

『遥香ー、帰ってきたぞ！』

「九尾神、その、おかえりなさい」

一郎伯父さんの姿で、大きな段ボール箱を軽々と抱えていた。

『いやー、義彦に頼って正解だった。あっという間に、必要な品を揃えてくれたぞ』

食材はネットスーパーを駆使し、端午の節句の飾りなどは外商を使って持ってきてもらったと言う。さすが、義彦叔父さんである。

「九尾神、ありがとう。チェックは私がするから、休んでいてもいいよ」

祭壇に買い置きされていたあずき缶とお餅で作ったあんころ餅を置いておいたと伝えると、喜んで去って行った。

仕込んでいた暗号は伝わったのか。ドキドキしながら、段ボール箱の蓋を開く。

すると、中から白い物体が飛び出してきた。

『遥香さん!!』

「わっ！」

顔面で受け止めてしまう。確認せずとも、声で分かってしまった。

「マダム・エリザベ――！」

『しっ！』

私の手のひらに着地したマダム・エリザベスは、小さな指先を口元に当てている。

どうやってここに？　と疑問が浮かんだ瞬間、段ボール箱から他の式神ハムスターが次々と顔を覗かせる。

「み、みんな！」

なんでもマダム・エリザベスの指揮で、気配遮断を使って忍び込んだと言う。

九尾神にバレないよう、九尾社にいる間は潜んでいるらしい。

「ミスター・トムに、ルイ＝フランソワ君、モチオ・ハンクス二十世まで！　みんな、ありがとう」

ミスター・トムは帽子を少し上げ、紳士の挨拶を返してくれた。

『マドモアゼル遥香、どうかお気になさらず』

ルイ＝フランソワ君はにっこり微笑みながら、私の指先をそっと握る。

『お元気そうで、何よりでしゅ！』

モチオ・ハンクス二十世だけは、キョロキョロと周囲を見回し、私に質問してきた。

『ここ、駄菓子とかある？』

皆、相変わらずである。

ジョージ・ハンクス七世は他の式神ハムスターとの再会を喜んでいた。

お母様にも式神ハムスターを紹介し、皆で手を合わせて一致団結する。

白綿神は九尾神の注意を引きつけてくれるらしい。頼もしい仲間だ。

『遥香さん、長谷川様から、こちらを預かってまいりました』

「これは何？」

『九尾神が身に着けている、木札が包まれていた布ですわ』

なんでも、木札と布、木箱は長年一緒に保管されており、強い繋がりがあると言う。

木箱は長谷川係長が所持しており、布に彼の名前を縫えば、おそらく引き寄せる力が生じるだろう――とのことだった。

『長谷川様の刺繍を、遥香さんにお願いしてもよろしいでしょうか？』

「もちろん！」

義彦叔父さんは私が仕込んだ暗号に気づき、用意してくれた。

『狸の絵が難解だった、とおっしゃっていましたわ』

「絵の練習、しておかないとね」

何はともあれ、きちんと伝わったのだ。長谷川係長も私を救出するため、動いてくれているらしい。

『遥香さん、ひとつよろしいですか？』

「はい？」

マダム・エリザベスが神妙な面持ちで、私へ問いかける。

『九尾神を倒すべきだとお考えですか？』

「どうしてそのような質問を？」

『今後のためです。九尾神は強力な神様ですから、倒すことなど不可能でしょう。しかしながら、わたくし達側には、長谷川様がいらっしゃいます。彼ならば、九尾神を倒せるかもしれない。状況によっては、九尾神を生かすか殺すか、という判断をしなければならない瞬間が訪れるでしょう』

マダム・エリザベスの言うとおり、長谷川係長がやってきたら何もかも解決、というわけにはいかないだろう。

彼が私達を返すように訴えても、九尾神が聞き入れるとは思えないから。

ならば、どうするか。戦って自分の意志を貫き通すしかない。

『長谷川様が介入したら現場は混乱するでしょうから、今のうちに考えていたほうがいいと思います』

「……」

その通りだと考えつつも、返す言葉が見つからなかった。

九尾神は以前のような、悪い存在ではない。私の言うことは七割くらい聞いてくれるし、良し悪しを判断する能力はある。

結界は浅草の邪気を集めた力で展開しているだけなので、悪行とは言い難い。

つまらないからと、私や関係のないお母様まで巻き込んで、九尾社に軟禁するのはどうかと思うが……。

倒さないといけないほど、邪悪な存在でもないだろう。

ただ、今後、同じようなことがあれば困る。

「とてもセンシティブな問題ですね」

今、答えを出すのは難しいだろう。五月五日までに答えを出さないといけない。

『どうかゆっくりお考えくださいね』

「ええ。マダム・エリザベス、ありがとう」

端午の節句を迎えるために、準備を頑張らなければならない。

ここに連れてこられた当初は絶望しかなかったが、今は希望に溢れていた。

私はひとりではない。みんながいる。作戦はきっとうまくいくだろう。

◇　◇　◇

九尾神に連れ去られてから三日目――皆で端午の節句の準備を行う。

『遥香、我も手伝うぞ！』

「ありがとう。じゃあ、鯉のぼりを外に設置してくれるかな？」

『なんだ、それは？』

「出世を願う縁起物、かな」

『おお、それは素晴らしいものだな！』

鯉のぼりはその昔、武家で子どもが生まれたとき、家紋入りの幟《のぼり》を飾っていたことが始まりだったと言われている。

鯉のぼりに風車が付いているのは、カラカラという音で邪気を祓うという魔除けの意味があったようだ。

九尾神はいそいそと箱に収められている鯉のぼりを覗き込んだが、組み立て式だと知って眉間に皺《しわ》を寄せる。

『むう、複雑そうな構造だな』

風車付きの棒を組み立て、紐を張り、鯉を結んでベランダなどから泳がせるのだが、少し難しいだろうか。

「白綿神、手伝ってくれる？」

『わかったー』

人の姿のほうがやりやすいかも、と助言すると、九尾神は長谷川係長の姿になる。

にっこり微笑みながら抱きついてこようとしたので、回避した。

『遥香、なぜ避ける!?』

「偽者とは触れ合わないって決めているんです」

『むむむ、やはり、正臣の存在は気に食わないな!』

「そんなこと言わないで!」

つい、声を荒らげる。九尾神が傷ついたような表情を浮かべたので、ハッとなった。

「あ、ごめんなさい」

『いや、よい。我が悪かった』

謝ってくれたので、ホッと胸をなで下ろす。同時に、心がチリッと痛んだ。

九尾神と別れたあと、マダム・エリザベスがやってきた。九尾神に見つからないよう、ジョージ・ハンクス七世以外の式神ハムスターは身を隠しているのだ。

『遥香さん、大丈夫ですか?』

「ええ、大丈夫です」

昨日、彼女から九尾神を倒すべきか、と質問され、何も答えられなかった。

心のどこかで、九尾神は無邪気で愛らしい神様でいてほしいと願っているのだろう。

別に倒さずとも、マンションで一緒に暮らしてきた日々のように、平和に暮らせるだろう。だから倒す必要はない、と考えていた。

さきほども九尾神が謝ってきたときに、よかった、わかってくれたと安心したのだ。

同時に胸が痛んだのは、九尾神を倒すべきだろうと理解している私がいたから。

生かすべき、殺すべき――二つの感情が反発しあって、心が火傷《やけど》したようにヒリヒリしているのだ。

「マダム・エリザベス、私はきっと、どうすべきかわかっているんです。でも、それを口に出すのはとても恐ろしくて……」

『ええ、ええ、わかっておりますよ。端午の節句まで時間がありますので、決意を急ぐ必要はありません』

「ありがとう」

そうだ。今は当日についていろいろ考えている場合ではない。端午の節句の準備をサクサク進めなくては。

お母様は義彦叔父さんに頼んで購入していた薔薇《ばら》を使い、薬玉を作っていた。薔薇の茎には棘《とげ》があるので、邪気を跳ね返すと言われているらしい。

薔薇は茎が硬い上に鋭い棘があり、生花の細工はとても難しい。けれどもお母様は器用に編んでいっている。

「お母様、薔薇の扱いがお上手ですね」

「ええ。正臣の思春期よりは、ずっと扱いやすいんですよ」

薔薇よりも反発が強かったと言うのか。長谷川係長の思春期がどんなものだったか、気になってしまう。

ジョージ・ハンクス七世は紅白の折り紙で、兜を折っていた。これは端午の節句の当日に、箸置きとして使う予定である。

ミスター・トムとルイ＝フランソワ君は、床の間に鍾馗と神武天皇の人形を飾ってくれる。精巧に作られた人形は視線を感じてしまうほどリアルだ。

モチオ・ハンクス二十世はテレビを見つつ、菖蒲の葉を紐で縛って完成させる菖蒲飾りを作製していた。

目線はテレビにあるのに、手元は菖蒲をしっかり結んでいるので、ものすごい技術だと思ってしまう。

皆、各々頑張っているようだ。私も気合いを入れて、木札を包んでいた布に長谷川係長の名前を刺繍する。

午後からはお母様と一緒に唐衣を作った。

「では遥香さん、始めましょうか」

「はい、よろしくお願いします」

昨日、仕込んだ渾身《こんしん》のこしあんと、お母様特製のういろうを合わせるのだ。

材料は米粉、餅粉、じん粉、上白糖。これまで使ったことのない組み合わせである。

「あの、お母様、じん粉というのは初めて聞くのですが、なんの粉なのでしょうか？」

「デンプンですよ」

「片栗粉、とは違う物ですよね？」

「ええ。じん粉は小麦粉から作られますから」

片栗粉とはカタクリという植物の鱗茎《りんけい》から作るデンプン質の粉で、近年流通している片栗粉の多くは、ジャガイモらしい。

一方で、じん粉というのは、小麦粉に含まれるグルテンを取り除き、残ったデンプンを精製した物らしい。

「うき粉と言ったほうが、わかりやすかったですね」

「すみません、うき粉も存じあげませんでした」

「あら、そうでしたか」

話を聞きつつ、ういろう作りを開始する。

ボウルに投入した粉に水を混ぜ、溶けきったら生地の一部を分ける。

「こちらは食用着色剤を使って紫色にします」

ほんのちょっと入れただけで、淡い紫色に染まっていく。

何も入れていない生地と紫色に染めた生地、二種類を、別々の器に流し込む。

「こちらを、蒸籠《せいろう》で二十分から三十分ほど、じっくり蒸していきます」

火が通るのを待つ間に、こしあんを団子状に丸めていく。

三十分後――液体だった生地はプルプルに固まっていた。

「冷えないうちに蒸籠から取り出し、白いほうは切り分け、紫色の生地と繋げていきます」

蒸したてなのでかなり熱いだろうが、お母様は顔色ひとつ変えずに生地を扱っている。

「これに片栗粉をまぶし、めん棒で薄くのばしていきます」

すると生地の境目が曖昧になり、白から紫への美しいグラデーションに変わっていった。

餃子《ギョーザ》の皮よりも少し厚いくらいまでのばしたら、生地を正方形にカットしていく。

「刷毛《はけ》で余分な片栗粉を払ったあと、丸めたこしあんを包んでください」

わんたんみたいに三角形に折り、端の生地でひだを作って、杜若の花びらをイメージした形に整えたら完成。

「思っていたよりも、上手くできましたね」

「はい！　とっても美しいです」

ひとつ味見をしてみたが、ういろうはもっちもちで、甘さ控えめのあんことよく合う。見た目もきれいなので、見ているだけでも心が癒やされるひと品だろう。

「これだけ上手にできたら、来年は夫の分も手作りできそうです」

「そうですね。私も来年、この時季になったら作ろうと思います」

完成した唐衣は、お互い写真を撮って交換しよう、と来年の約束をする。

なんとしてでもここから出てやるのだ、と決意を新たにできるようなお菓子作りであった。

◇◇◇

ベランダからは鯉のぼりが泳ぎ、風車がカラカラと音を鳴らす。

外の景色は相変わらずの霧模様だが、よい端午の節句日和と言っておこう。

ついに迎えた五月五日――私達はこの日に賭けていたのだ。

料理はちらし寿司にタケノコのお吸い物、鰹のたたきに春野菜の煮物――と端午の節句にちなんだ料理に加えて、鯛の酒蒸しやゴボウの昆布巻き、タコの酢味噌和《あ》えなど、縁起のいい食材で料理を作ってみた。

甘い物は、一昨日お母様と一緒に完成させた唐衣、神聖な木と呼ばれる柏の葉を使った柏餅、災いを避ける効果があるちまきなど、これでもか、とばかりに用意してみた。

食卓に並べられたごちそうを見た九尾神は、瞳をキラキラ輝かせている。

『おおお！　これが端午の節句の席か！　どれもおいしそうだ！』

「たくさん召し上がれ」

頑張って作った料理を食べれば食べるほど、九尾神の邪気が祓われる。体の内側から邪気をどうにかしよう、という作戦なのだ。

すでに机の下に、長谷川係長の名前を刺した布を置いている。まだ糸は針に繋がったままで、完成した状態ではない。

さらに、食卓の下にはルイ＝フランソワ君が待機していて、私が合図を出したら、糸を玉結びにして切ってくれる。

完成させたら、すぐに長谷川係長をここに呼べるのだろう。

他のハムスター式神達は、これから始まるであろう戦闘に備え、それぞれ別の場所に潜んでいた。

私自身、かなり緊張しているが、表情に出ていないことを祈る。

刻々と時間が過ぎる中、九尾神は私達の作戦なんか知らずに料理を次から次へと食べていた。

『やはり、遥香の料理が世界で一番おいしいな！』

「えーっと、今日はお母様が作った物もあるんだけれどね」

『ほう、鬼婆は料理が上手いのだな』

「誰が鬼婆ですか！」

『鬼である正臣の母だから、鬼婆で間違いないだろうが』

「私は長谷川家の嫁ですので、鬼の血は一滴も流れていないのですよ」

『なるほどな！』

九尾神との戦闘が始まるような事態になったら、お母様は白綿神が守ってくれるようだ。

心配はいらない、絶対に帰るのだ、と自らに言い聞かせつつ、九尾神が料理を平らげていく様子を見守った。

九尾神の食欲は止まるところを知らず、料理を完食し、食後の甘味に手が伸ばされた。

『この柏餅は美味だな！』

「ちまきも食べてみて。おいしいよ」

『いただこうか』

二時間ほどで、九尾神は満腹となったようだ。

『うう、もう食べられぬし、動けもせぬ』

九尾神は私の膝に跳び乗ると、お腹を上にして寝転がる。

『なあ、遥香』

「ん、何？」

『この先、我と一生一緒にいてくれ』

「それは——難しいよ」

これ以上期待を持たせてはいけない。そう思って、はっきり拒絶の意を示しておく。

『それはなぜだ!?』

九尾神はくるりと回転して起き上がり、責めるような口調で問いかけてきた。

「だって、私は人間で、九尾神は神様だから」

『命が尽きぬよう、遥香を特別な存在に昇華することができる』

九尾神の提案を、首を横に振って拒絶する。

「私は人として生まれたから、人として死にたい」

『そんな……！　お前の死など、我は耐えきれない！』

命を散らしたあと、魂を引き寄せて筆頭巫女にするよう、勝手に契約を結んでいたのはどこの誰だったのか。呆れて言葉もでない。

『正臣だな』

「え？」

何が、と問いかけるよりも早く、九尾神はまくし立てるように叫んだ。

『正臣がいるから、遥香は人の世に未練を残しているのだ！　やはり、予定していたとおり、新しい世界を造らなければならない！』

「な、何を言っているの？　新しい世界って何？」

九尾神はにやり、と邪悪な微笑みを浮かべる。

『世界中の人々の命を邪気に変換し、我と遥香だけが幸せに暮らす場所を作るのだ！お前は正臣のことを忘れて、満たされた日々を送るだろう』

「なっ――!?」

想像もしていなかった計画に、言葉を失ってしまう。

まさかそこまで、私に執着しているとは思いもしなかったのだ。

『遥香！　ふたりだけの世界で、共に生きよう！』

「嫌っ!!　助けて、正臣君!!」

それが、刺繍を完成させる合図だった。糸切りばさみがパチンと鳴る音が聞こえる。

ルイ＝フランソワ君が素早く糸を玉結びし、切ってくれたようだ。

長谷川係長の名前を刺した布がふわりと宙に上がったかと思えば、名前が眩く光り始める。

変化はそれだけではなかった。

『くうっ、なんだ!? 背中が、熱いぞ！』

九尾神の力を封じるさいに貼り付けていた木札が反応し、同じように発光しているようだ。

そして、居間全体が光に覆われ——ぐっと体を引き寄せられる。

「お待たせ、遥香さん」

「ま、正臣君!!」

上下ジャージ姿に、黒い刀を携えた長谷川係長がやってきたのだ。

『正臣、お前、どうしてここに!?』

「さあ？ 遥香さんへの愛の力かな」

『何、バカなことを申しておるのだ！』

長谷川係長は余裕たっぷりの微笑みを返す。

「遥香さん、ごめんなさい。こんな恰好で。本当はかっこいい姿で登場したかったんだけれど、これが一番動きやすいって決めつけるから」

長谷川係長の手には刀が握られている。おそらく、誰かが指南したのだろう。

髪型もいつものセットした状態ではなかった。

『おい、正臣、遥香を放すのだ!!』

「よお言うわ」

長谷川係長の呆れたような一言が、九尾神を激昂《げっこう》させる。

『なんだと!?』

長谷川係長は私を背後に隠すように立ち、刀を両手で握って構える。

九尾神との間には、バチバチと激しい火花が散っているように思えてならなかった。

「遥香さん、こちらに！」

お母様が私の手を取り、離れた位置に誘導してくれる。そこには白綿神が作った守護の結界が張ってあるようだ。

白綿神のほうを振り向くと、キリッとした表情で頷いていた。

「ここにいたら安全のようですので」

「ありがとうございます」

それだけでは心配なのか、お母様は私をぎゅっと抱きしめてくれる。

「正臣がやってきたので、もう、心配はいりませんからね」

「はい」

頷いたのと同時に、九尾神は長谷川係長の姿に化け、攻撃を始める。

どん!!　と轟き渡るような音が響き、雷撃が畳を抉《えぐ》る。

九尾神の一撃は強烈だ。

長谷川係長は素早く回避し、振り上げた刀で九尾神に斬りつける。

『正臣、遥香のために死んでくれ!!』

九尾神のわかりやすい挑発にも乗らず、冷静に斬りかかる。

『お前なんて、感電してしまえー!』

大きな雷が長谷川係長に襲いかかった。避けきれないのでは、と思ったが、一瞬で畳を剝ぎ上げ、九尾神のほうへぶんなげる。

雷の軌道が大きく逸れるだけでなく、九尾神が真っ正面から受け止める形となった。

『ギャアアア!!』

どうやら雷の攻撃は、九尾神にも有効らしい。

もともと雷というのは、『神鳴り』という言葉からきている。諸説はあるものの、雷は神々が落とす豪壮なる厳《いか》つ霊《ち》なのだ。

九尾神はまだ神様になりきっていないからか、あのようにダメージを受けているのだろう。

『手加減をしてやっていたと言うのに、正臣、許さんぞ!!』

九尾神から大量の邪気が噴出する。このままではいけない。そう思ったときにはもう遅かった。

九尾神に貼り付けられていた封印の木札が吹き飛ぶ。

そして九尾神は真なる姿、九尾の狐となった。

九本の長い尾が、陽炎《かげろう》のようにゆらゆら揺れている。それを見ていると、頭がぼんやりしてきた。

『遥香、しっかりしろ！』

ジョージ・ハンクス七世が手にしていたハリセンで、私をペチッと叩いた。

「はっ――!?」

『大丈夫か？』

「う、うん。だけど、そのハリセンはいったいなんなの？」

『九尾神がバカなことを言ったら、突っ込んでやろうと思って準備していたんだ』

折り紙で作った可愛いらしいハリセンである。おかげで、確かな意識を取り戻せた。

九尾神は炎で分身を作り出し、牙を剝いている。

『遥香以外、全員我が殺してやろう。そうすれば、遥香はお前や外の世界を忘れられるから――』

こういう状態になっても、私のことは忘れていないようだ。

「九尾神、ダメ！　お菓子をあげるから、子狐の姿に戻って！」

もはや九尾神は神ではない。わかっていても、我に返るかもしれないと期待し、呼びかけてしまう。

「私、あなたのためだけに、草団子を作ったの。ほら――」

念のためにと近くに置いていた鞄を引き寄せ、中に入れていた草団子を見せる。

反応がない。怒りに支配され、私の声なんて聞こえていない。

式神ハムスターが私のもとへ集まってくる。皆、危険を察知したのだろう。

九尾神は雷ではなく、火をまとった姿で長谷川係長を睨んでいた。

神ではなく怪異に戻ったので、雷が扱えなくなったに違いない。

『長谷川正臣、天へ召されよ!!』

分身共々、長谷川係長へ襲いかかる。

同時に、式神ハムスター達も飛び出して行った。どうやら、長谷川係長と共に戦ってくれるようだ。

『九尾神、目を覚ましやがれ!!』

ジョージ・ハンクス七世はハリセンを九尾神の分身に投げつけ、気を逸らしたタイミングで拳を突き出す。

だが、相手は炎で作られた分身なので、姿が揺らぐだけだった。

『くそ、やっぱり効果はないか』

『でも、隙はできたよ』

モチオ・ハンクス二十世が静かに囁くと、炭酸飲料に丸いソフトキャンディを四つほど入れた。

すると、炭酸飲料が勢いよく噴き出て、九尾神の分身を襲う。

『ぎゃあああ!!』

九尾神の分身は消えた。どうやら、水が弱点のようだ。

ルイ＝フランソワ君は鍋の蓋を盾として使い、九尾神の分身の攻撃を防いでいた。

ミスター・トムは火属性の呪術を得意としているので、攻撃は通用しない。その代わり、炎による攻撃を吸収するという技を見せている。

『正臣、どうした？　もう疲れたのか？』

九尾神は自分の手足のように、炎を操っていた。

ついに炎は長谷川係長の眼前に迫り、避けきれずに顔を焼いてしまう。

『あはははは!!　正臣、ざまあないな!!　お前の自慢の顔が、デロデロ――』

私はすぐに彼のもとへ駆け寄り、癒やしの力を使って火傷を治す。

癒やしは相手が受け止めないと使えない。拒絶されたらどうしようかと思っていたが、長谷川係長の顔の火傷はきれいに治る。

「遥香さん、ありがとう」

「いえ、大丈夫ですか？」

「ぜんぜん平気。無駄にはしないから」

癒やしの力は、私の生命力と引き換えに実現する奇跡だ。それをわかっていて、長谷川係長は言ったのだろう。

『正臣、お前を何度でも何度でも、丸焦げにしてやるからな！』

『そうはさせますか!!』

マダム・エリザベスの声が響き渡る。

いつの間にか天井に跳び上がり、散水装置《スプリンクラー》を蹴り上げた。

すると、天井から雨のように水が降ってくる。

『なんなのだ、これは!?』

雨を受けた九尾神の分身が突然苦しみだした。

「この水は、もしかして清めのお水？」

『そうですわ!!』

マダム・エリザベスは散水装置の水を、こっそり清めの水に替えていたらしい。

九尾神の分身はすべて、あっという間に姿を消していった。九尾神自身も、身に纏《まと》う炎が消えて、少し弱体化しているように思える。

長谷川係長は反撃を開始する。九本あった尾の一本を、刀の衝撃で吹き飛ばした。

『うぐううう!!　正臣め!!』

九尾神の瞳がぎらりと赤く光った。嫌な予感がしたので、思わず叫ぶ。

「正臣君、下がってください!!」

その刹那、九尾神は灰色の煙を発する。
「あ、あれは――!?」
私の疑問にマダム・エリザベスが答えた。
『瘴気《しょうき》ですわ!!』
熱病を引き起こすという、毒気だと言う。
人がこの瘴気を吸えば命を落としてしまうだろうという、危険な物のようだった。
ジョージ・ハンクス七世は地団太を踏み、激しく憤る。
『あいつ、あんなもんをこれまで隠していたなんて!!』
長谷川係長は後退し、九尾神と距離を取る。
けれども九尾神は瘴気を意のままに操りながら、長谷川係長に接近するのだ。
『はは、どうした？　先ほどまでの勢いは忘れてしまったのか？』
「くっ！」
追い詰められた長谷川係長は、振り上げた刀を思いっきり畳に突き刺した。
『ん、なんだ？　もう降参か？　つまらん奴だな』
「いい加減にしよし」
ごくごく冷静な声で、長谷川係長は言葉を返していた。
刀を刺したのは、何か意味があるのだろう。

『んんん!?』

次の瞬間、どん！　と突き上げるような揺れを感じ、咄嗟《とっさ》にお母様の上に覆《おお》い被《かぶ》さる。式神ハムスター達も集まって、私にヒシッとしがみついてきた。

白綿神は結界の力を強めるためか、ぶつぶつと呪文を呟いている。

家がミシミシと音を立てて鳴り、掃きだし窓にヒビが入った。

これはいったいなんなの!?

どかん！　という破裂音と共に、刀が刺さった畳一枚が抜けて地下に落ちていく。

刀は地下に突き刺さったようで——。

『なっ、お前、最悪だ!!』

地下に繋がる穴から、邪気が噴出する。とっさに、マダム・エリザベスが叫んだ。

『長谷川様、やりましたわ!!　結界を壊したのです!!』

地下に結界の仕掛けがあることは、オンラインゲームのアカウントを通じて、マダム・エリザベスが義彦叔父さんに伝えていたらしい。そこから、長谷川係長に情報伝達されたのだろう。

二階にあったオンラインゲームにしか繋がらないパソコンが、思いがけない形で役に立ったのだ。

長谷川係長は地下に下り、刀を回収しにいく。九尾神もあとを追いかけたようだが、長谷川係長のほうが早かった。

そうこうしている間に揺れは突然収まる。

ホッとしたのも束の間のこと、九尾神を背後から斬りつける者が現れた。

「長谷川係長、ずいぶんと、苦戦していたようですね」

「桃谷君!?」

鬼殺しの刀を持つ桃谷君が、長谷川係長と同じようなジャージ姿で登場した。

もしかしなくても、長谷川係長は彼に刀での戦い方を習っていたのだろう。

九尾神は桃谷君の攻撃を回避したが、続けて長谷川係長の接近を許し、一瞬にして追い詰められていく。

九尾社にやってきたのは桃谷君だけではなかった。

「遥香!!」

「遥香――!!」

父と母が涙を流しながら駆け寄ってくる。ぎゅうぎゅうに抱き寄せられ、苦しくなった。

気づけば一郎伯父さんや、義彦叔父さん、当主である祖父までいる。

先ほど長谷川係長の刀が地下に刺さったことにより結界が解け、駆けつけた永野家の人達が九尾社に入れるようになったのだろう。

『なんだ、お前らは！　がん首揃えて押しかけてきよって！』

九尾神は怒りにまかせ、瘴気を振りまいている。

このままでは九尾神は力を暴走させ、多くの被害者を出すだろう。

それだけは絶対に阻止しなければならない。

「この、邪悪な狐め!!」

祖父がそう叫び、呪符を勢いよく投げる。すると、九尾神の体に蔦《つた》のようなものが幾重にも巻きついた。

『くっ、なんだ、これは!?』

「呪《のろ》いだ」

『はっ……やはり、お前は邪道の男だ！』

よほど強力な呪いなのか、九尾神は動けなくなってしまう。

祖父は尊大な態度で、長谷川係長に命令した。

「おい、そこの若いの。その狐の首を早く刎《は》ねるのだ」

長谷川係長は従う気はなかったようで、刀を下ろす。桃谷君も九尾神に止めを刺す気は感じられない。

「なんだ、腑抜《ふぬ》け共が。おい一郎、お前が仕留めろ！　こいつをやっつけたら、次代の当主として認めてやる」

「ほ、本当ですか？」

「嘘は言わん」

次の当主は一郎伯父さんに決まっていると思っていたが、まだ決定していなかったようだ。

一郎伯父さんはいそいそと呪符を取り出し、呪文を唱える。

「死ね！　九尾の狐――！」

「待って!!」

九尾神を背後に隠すように、一郎伯父さんの前に立つ。

「お前、どうして邪魔をする？」

「一度、甘味祓いをさせてください」

「は？　何を言っているんだ？」

「殺さないでください。私に、邪気を祓わせてください」

「うるさい！　どけ！」

一郎伯父さんが拳をかざした瞬間、長谷川係長が刀を振り上げる。一郎伯父さんの首筋近くに近づけ、ジロリと睨んだ。

何も言わずとも、一郎伯父さんを黙らせる。長谷川係長に心の中で感謝し、九尾神を振り返った。

九尾神は弱っているように見える。すさまじい呪いなのだろう。

「ねえ、九尾神、この草団子食べて」

口を少し開けたので、草団子を詰め込んだ。九尾神はゆっくり草団子を噛んで、ごくんと飲み込んでいた。

子狐の姿に戻ってほしい、と願ったものの、九尾神の姿は変わらない。

どうしよう。どうすればいいのか。

九尾神の存在は危険だ。わかっているけれど、こういうふうに祖父や一郎伯父さんに殺されることは望んでいない。

でも、私の甘味祓いは効果がまるでなかった。もっと強力な力が必要なのだろう。

何か媒体さえあれば、私の祓いの力も強化されるのだが……。

「遥香、これを使いなさい!!」

緊迫した状況の中、母が大きな声をあげる。彼女の手には、場違いな品が掲げられていた。

それは、義彦叔父さんから預かっていた媒体、マジカル・シューティングスターである。

何かあったときのために、鞄の中に入れて常に持ち歩いていたのを、母が見つけたらしい。

母が投げたマジカル・シューティングスターは、くるくると回転しながらこちらへ飛んでくる。

それを、タイミングよく握ってしまった。

使う機会なんて訪れないと思っていたのに。けれども背に腹はかえられない。

マジカル・シューティングスターを握りしめ、甘味に頼らず、初めて怪異を祓うことにする。

九尾神に善き心が残っていたら、九尾神の姿に戻るだろう。

おそらく、できるのは一回きりに違いない。きっと力を使い果たしてしまう。

失敗しないようにしなければ。

集中すると、マジカル・シューティングスターがブルブルと震え始める。どうしてこうなってしまうのか。これが、私がもともとの持ち主から譲り受けた物ではないからなのだろうか。よくわからない。

心がくじけそうになり、集中力が切れそうになった瞬間、大きな手がぶれる杖《つえ》を握った。

顔を上げると、長谷川係長だった。強い瞳が、私を励ましてくれているような気がした。

もう大丈夫、きっとうまくいく。

マジカル・シューティングスターに、祓いの力を込め、呪文を唱えた。

「言祝《ことほ》ぎよ、邪悪なる存在《もの》を祓い賜《たま》え！」

九尾神が眩い光に包まれていく。邪気がほろほろと解けてなくなり、そして――信じがたいものを目にした。

九尾神に向かって手を伸ばすと、指先から私のものではない透けた指先が出てきた。

幽体離脱!? と思ったけれど、気を失う気配はない。

色鮮やかな着物が見え、私の前に下り立つ。

私の中から出てきたのは、はせの姫だった。

彼女だけではない。月光の君も隣に並んでいた。彼は長谷川係長の体から出てきたようだ。

月光の君ははせの姫の肩を抱き、口を開く。

声は聞こえないが、ありがとうと言っているように見えたのは、気のせいだろうか。

長谷川係長のほうを見ると、彼もぽかんとしていた。

はせの姫と月光の君は倒れ伏す九尾神の前に近付き、そっと触れる。

すると、九尾神の姿が子狐に変わっていった。

その体をはせの姫が抱き上げ、頬ずりする。すると苦しげだった九尾神が、安らかな様子を見せていた。

はせの姫と月光の君は、私達に穏やかな微笑みを向ける。

「――あ、あの！」

声をかけようとした瞬間、その姿は光と共に消えていった。

「え!?」

ぱち、ぱちと何度も目を瞬かせる。

九尾神が横たわっていた場所には、何もない。

周囲を見ても、九尾神の姿は見つけられなかった。はせの姫や月光の君の姿も、消えている。

長谷川係長が私を背後から抱き寄せ、耳元で囁いた。

「遥香さん、九尾神は浄化された。あのふたりが、連れていってくれたんだ」

つまり、この世から姿を消してしまった、という意味なのか。

九尾神に善き心が残っていたら、子狐に戻るはずだった。

「そっか。もう、九尾神は……」

すでに、善き心が残っていなかったのだ。

私が最終的に手を下す形になってしまった。それも仕方がない。九尾神を神として崇《あが》めることを決めたのは、他でもない私だから。

よかったのだ、私が終わらせることができて。わかっているのに、苦しくて、切なくて、とても悲しい。

じわじわと瞼が熱くなり、ぽろりと涙が零れる。

いつの間にか、長谷川係長とふたりっきりになっていた。みんな気を利かせてくれたのだろう。

瞼を閉じると、無邪気な九尾神の様子が浮かんでくる。

――遥香！　今日の料理も絶品だぞ！

もう二度と、その姿を目にすることは叶わない。

「ううっ……九尾神、ご、ごめんなさい」

私は彼にすがりつき、声を上げて泣いてしまった。

◇◇◇

落ち着きを取り戻した私達は、父から呼び出される。

祭壇の間に、皆が集まっていたようだ。

祖父が感情のわからない目で私を見て、これまでの行いを労う。

「遥香、よくやった」

「……」

初めて褒められたような気がするが、ぜんぜん嬉しくなんてない。

「ただ、今回の騒ぎの責任をどう取ってくれるのだろうか？」

「父さん‼」

父が立ち上がり、怒りの視線を祖父にぶつけていた。絶対に祖父に逆らわない父が、このような反応を見せるなんて驚きである。

「九尾神を利用したのは、父さんの決定ではありませんか？　その責任を遥香に問うなんて、間違っています！」

母は腕を組んだまま、祖父を睨んでいた。

こういうとき、母は父を止めると思っていたのに。あの表情は、かなり怒っているのだろう。

一郎伯父さんが立ち上がり、父に殴りかかりそうな勢いで言葉を返す。

「お前、父さんに何生意気な口を利いているんだ！」

「当たり前だろうが！　遥香が危険な目に遭っていたんだぞ‼」

本当にケンカになりそうだったからか、義彦叔父さんが間に割って入った。

「ふたりとも落ち着いて。今は事件が解決して、よかったと言うときだろうから」

そんな義彦叔父さんの言葉に、私は待ったをかける。

「あの、申し訳ありません。事件は解決しておりません」

「遥香ちゃん、どういうこと？」

「この家の中で、とんでもない物を発見しました」

合図をすると、ルイ＝フランソワ君が頼んでいた物を運んできてくれる。

祖父の前に出されたのは、これまでの怪異事件にかかわった人達の個人情報が書かれたファイルであった。

それを見た父は目を見開いた。

「一郎兄さん、これはいったいなんなのですか？」

「何でもない!! ただの、会社の顧客情報だ!!」

「いや、おかしいです。探偵を使って調べたような個人的な情報まで書いてある顧客情報なんて、ありえません！」

あの一瞬で、目ざとい父はあれが普通の個人情報でないと理解したようだ。

義彦叔父さんも把握していなかったようで、驚いている。

さらに、ジョージ・ハンクス七世やマダム・エリザベス、ミスター・トムが物置にあった証拠品を次々と運んで来た。

「これはいったい——!?」

父の疑問に私が答える。

「お父さん、これまで浅草で起きた事件は、永野家の自作自演だったの」

「なんだと!?」

父が驚愕した瞬間、部屋に持ち込まれた品々はボッと音を立て、一瞬にして燃えてなくなる。

祖父が呪術を使って燃やしてしまったようだ。

「はて、遥香は何を言っているのか？」

しらばっくれる気である。そんなの、絶対に赦されるわけがない。

「遥香、お前は疲れていて、そこになかった物を、あった物として思い込んでしまったのだろう。可哀想《かわいそう》な娘だ」

シーンと静まり返る。そして祖父は、話はもう終わりだ、とばかりに立ち上がった。

去ろうとする祖父を、父が止めようとした。

そのとき、パトカーのサイレンが響き渡った。音は家の外でぴたりと止まる。

「な、何事だ？」

ドタバタと家の中に誰かが押しかけてくる。現れたのは、怪異関係の事件を扱う刑事であった。

「永野家当主、永野辰夫《たつお》！　怪異煽動の罪で拘束させてもらう！」

あっという間に祖父は捕らえられてしまった。

「なっ、これは、どうして？　遥香、説明しろ！」

「物置にあった品物を撮影し、個人情報をデータ化しておきました。それを、結界が解けた瞬間に、マダム・エリザベスに頼んで刑事さんに送ってもらっていたんです」

「お、お前、個人情報を勝手にデータ化して警察に送るとか、なんてことをしてくれたんだ!!　陰陽師のくせに、卑怯《ひきょう》な手を使いおって！」

「兼業陰陽師を甘く見ないでください、お祖父様」

一年前まで毎日残業し、パソコンとにらめっこしていた私にとって、紙の情報をデータ化させるなんて朝飯前である。

一郎伯父さんがパソコンや複合プリンタを二階に置いてくれていたおかげで、スムーズに完成させることができたのだ。

祖父は私をジロリと睨み、負け犬の遠吠《とおぼ》えのような叫びをあげた。

「クソが!!」

そのまま祖父は刑事に連行されていった。

静かになった部屋では、一郎伯父さんに視線が集まっていた。

「な、なんだ？」

自分は悪くない、という表情の一郎伯父さんに、お母様が物申す。

「永野家について、詳しいお話を聞かせていただきたいのですが」

「ん、誰だ、このおばさん？」

「長谷川正臣の母ですけれど！」

「あ、長谷川君のお母様、どうも……」

追い詰められた一郎伯父さんは、皆に囲まれながら、永野家の自作自演について説明し始める。

「永野家の陰陽師である皆には、耳が痛い話かもしれないが――」

事の始まりは明治時代、陰陽寮の廃止だったらしい。実は当時から、怪異はほとんど見かけなくなっていたようだ。

「永野家は遷都するさいも御上《おかみ》に呼ばれるほど、優秀な陰陽師の一族〝だった〟」

一郎伯父さんは苦しげな表情で語る。それは今の永野家は、当時ほどの実力がないと言っているようなものだからだろう。

「永野家はかつて、万能とも囁かれていた〝癒やし〟の能力を持っていたそうだ。けれども、それはすでに失ってしまっている」

御上からの信頼も地に墜ち、永野家はしだいに遠ざけられるようになった。

「どうにかして永野家の威厳を取り戻さなければならない。覚悟を決めた当時の永野家の当主は、陰陽師業を続け、浅草の町を守ることを表明したのだ」

ただ、怪異がいなければ実力も陰陽師としてのプライドも示せない。

そこで思いついたのは、自ら邪気を操り、怪異を煽動する作戦であった。

実行した結果、事件は都合よく起き、永野家の陰陽師が次々と解決していくサイクルが生まれる。

永野家は歴史ある陰陽師一家で、今でも怪異退治に奔走していると、かつて陰陽師だった一族から誉れの対象になっていったようだ。

さらに永野家は怪異が絡んだ事件が発生したさい、警察が頼ってくるまでの地位を手にすることになる。

他の陰陽師一族にはない、確固たる地位を再び築いたのだ。

「怪異を巡る事件を起こしていたのは、永野家の名誉を守るためだったのだ」

父と母は呆れたような表情を浮かべ、義彦叔父さんは目を見開いて驚いている。

お母様は目を光らせ、追及する。

「それについては、次期当主であるあなたしか把握していなかったのですか？」

「いや、私も知らなかった！　九尾社を任される直前に聞いて——心底驚いた」

さらに一郎伯父さんは、九尾神を上手く操り利用できたら当主にしてやる、などと祖父に言われたらしい。

「正直、ありえないと感じていた。過去の事件ではケガ人どころか、死者まで出ている。陰陽師としての権威を示すために、ここまでする必要があるのか、と今日まで何度も考えていた」

だが祖父は、永野家はいつの時代においても、特別な陰陽師である必要があった、と強く主張していたようだ。

「長年知らなかったとはいえ、永野家のこれまでの愚行が今回の事件を引き起こしてしまった。本当に、申し訳ないと思っている」

これまで集めた個人情報などは処分させ、骨董品などもしかるべき場所に持っていき、お祓いしてもらうと言う。

「もう二度と、自作自演の事件は起こさないから」

プライドが高い一郎伯父さんが、深々と頭を下げている。

どうやら、私が九尾神に囚われていた期間は無駄ではなかったようだ。

「あの、最後にひとつだけよろしいでしょうか？」

「なんだ？」

「二階にあるアマチュア無線は、いったいなんなのですか？　あれで個人情報を集めていたわけではないですよね？」

「あれは――単なる趣味だ。家においておくと場所を取って、家族に文句を言われるから」

やはり、お母様の読みは当たっていたようだ。心配するような器具ではなかったわけである。

何はともあれ、事件は無事解決した。

話が終わったので、皆、祭壇の部屋から次々いなくなる。長谷川係長のお母様は、うちの両親と共に喫茶店に場所を移すようだ。

最後に私と長谷川係長だけ残った。

ふたりきりになり、私は彼に深々と頭を下げた。

「正臣君、ありがとうございました」

「遥香さんも、今日までよく頑張ったね」

「お母様やハムスター式神、白綿神がたくさん励ましてくれたんです。私だけの力ではありません」

連れてこられたのがひとりきりではなくて、本当によかった。今度は喜びの涙が溢れてくる。

「刀は、桃谷君に習ったんですね」

「そうなんだ。このジャージが一番動きやすいからって、無理矢理着せられて、とてつもなくしごかれた」

「桃谷君が楽しげにジャージを勧める姿が、想像できます」

他にも両親に相談したり、義彦叔父さんと連絡を取り合ったりと、桃谷君は奔走してくれたらしい。いくら感謝してもしきれないほどだ。

「それにしても、突然現れたはせの姫と月光の君は、なんだったんでしょう？」

「よくわからないけれど、前世のふたりの意識が俺たちの中に残っていて、それが形になって現れて九尾神を連れて行った、みたいな感じだったのかな？」

「ああ、なるほど」

何はともあれ、無事解決したのだ。

「もう、大丈夫だから」

「はい」

ホッとしたのも束の間のこと、視界がぐらりと揺らいだ。

「遥香さん!?」

焦ったような長谷川係長の声が聞こえる。視界が真っ白になって、全身の力が抜けていく。

意識が遠のく寸前に、聞き慣れた声が頭の中に響き渡った。

――遥香、またどこかで会おうな！

九尾神の言葉のように思えたのは、たぶん気のせいだろう。

◇◇◇

やっとのことで、浅草の町に平和が戻ってきた。

後日、祖父から永野家の者達へ、謝罪の手紙が届く。

怪異の煽動は歴代の当主達――現在は祖父が単独で行ったことで、他の者は誰も悪くない、と書かれていた。

以後、浅草の町で怪異が猛威を振るうことはなくなるだろう。

祖父は怪異が絡んだ事件の犯人を収容する施設に移送されたらしい。そこで残りの生涯を送るだろう、と義彦叔父さんが話をしていた。

当主の拘束に永野家は大混乱となったが、一郎伯父さんが当主代理として、なんとかまとめているらしい。

ただ、一郎伯父さんはとてつもなく反省しているらしく、自分は当主代理にふさわしくないのでは、と父に相談してきたらしい。

当主代行をしてもらうよう頼み込んできたようだが、父は本業があるからと言ってきっぱり断ったようだ。

これから永野家はどう変わっていくのか。わからないけれど、平和な毎日が続くことを願うばかりだった。

九尾神を祓った影響で、私は一週間ほど布団の上で過ごした。

長谷川係長のお母様が看病してくれたのだが、献身的すぎるあまり申し訳なくなってしまうほどだった。

途中でマダム・エリザベスがやってきて、お母様に休んでもらうためにと母を呼んでくれた。おかげさまでしっかり療養できた気がする。

お母様が帰る日に、やっとお父様と会うことができた。お父様は細身で、今にも消えてしまいそうな儚い雰囲気のお方だった。

しかも激しい人見知りのようで、お母様の背後に隠れながら挨拶してくれた。なかなか喋ろうとしないので、お母様がお父様の耳元で囁く。

「正臣の父親です、って言うのですよ」

「正臣の父親です」

「これからよろしくお願いします」

「これからよろしくお願いします」

お父様が普段使わないであろう標準語だからか、少したどたどしい挨拶となった。

そんなご両親の様子を目の当たりにした、長谷川係長が呟く。

「母さん、父さんはオウムじゃないんだから」

発言を聞いていたお父様が笑い出してしまう。私もつられて笑ってしまった。

思いがけず楽しい挨拶の場となった。

うちの両親とも顔合わせし、私達の結婚は無事認められた。あとは一年後の入籍まで、結婚式の準備を頑張らなければ。

季節は巡り、猛暑の夏を耐え、秋を迎える。

長谷川係長改め、長谷川課長は異動していった。同時に、山田係長が誕生した瞬間でもある。

「うわああ、永野、どうしよう」

「大丈夫ですよ、一緒に頑張りましょう！」

「頼もしすぎる！　次代の係長は、お前だ――!!」

「係長になった初日に何を言っているのですか！」

山田先輩は昇進しても相変わらずであった。そんな様子を、後輩である杉山さんと桃谷君は微笑ましく見守っている。

「ふたりとも、ほっこりしていないで、仕事をするよ！」

「永野先輩、わかりました」

「はいはい」

そろそろ私も、兼業陰陽師ではなく専業会社員と名乗っていいだろうか。

九尾神がいなくなり、祖父が拘束されてからというもの、怪異はめっきり姿を消してしまった。
これが本来の浅草の姿なのだろう。
陰陽師業のことを考えずに済むというのは、とてもありがたい。
会社に役立つ立派な社員となれるよう、仕事に勤しんでいきたい。

終章 陰陽師は鬼の花嫁となる（※ただし、相手は善良なる鬼）

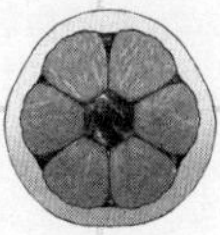

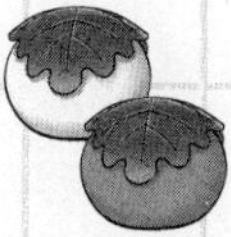

――今日、ついに結婚式を迎える。

式の前に、正臣君がやってきて言った。

「遥香さん、とてもきれい」

「ありがとうございます。正臣君も、すてきです」

五つ紋付き羽織《はおり》袴《はかま》姿は、記憶に焼き付けて残したいほどかっこいい。でも、タキシード姿も見たいので、披露宴は洋装で行うのだ。

正臣君は私の手を握ると、綿帽子で隠れていたであろう私の顔を覗き込んでくる。

「遥香さんみたいな人が妻になってくれて、俺は果報者だ」

「それは、私の台詞です」

これからもよろしくお願いします、と言ったら、正臣君ははにかむような笑みを見せてくれる。

ああ幸せだ、と改めて思ってしまった。

親族のみで行った神前式には、ハムスター式神達や白綿神も参列してくれた。

ジョージ・ハンクス七世は涙を流して喜んでくれた。

『遥香ー！　世界一幸せになれよー！』

ミスター・トムは花束を用意して、私に贈ってくれた。

『マドモアゼル遥香、お幸せに』

マダム・エリザベスはキラキラした瞳で、私を見つめていた。

『遥香さん、本当におきれいですわ！』

ルイ＝フランソワ君は拍手をして祝福してくれる。

『おめでとうございましゅ！』

モチオ・ハンクス二十世は、マイペースな質問をしてきた。

『披露宴って、駄菓子置いてる？』

白綿神はモコモコの体を膨らませ、嬉しそうに飛び跳ねていた。

『今日はいい日！』

父と母は感極まっているし、お義母様は号泣していた。お義父様は居心地悪そうにしていたものの、正臣君を見る表情はとても優しい。

織莉子ちゃんは旦那さんと一緒に参列し、可愛い赤ちゃんを胸に抱いている。

義彦叔父さんはパリッとした着物姿でやってきて、今日の日を喜んでくれた。

少し遅れてやってきた一郎伯父さんは、ご祝儀をたくさん包んだと言っている。相変わらずな様子に、笑ってしまった。

披露宴では会社のみんなが、流行の音楽に合わせて息の合ったダンスを見せてくれた。木下課長がセンターだったので、正臣君とふたりで頭の下がる思いとなる。

たくさんの人達に祝福され、幸せな結婚式を無事終えたのだった。


それから一年半後、私は妊娠し、玉のような子どもを産んだ。

本当に可愛らしいのだが、胸に抱いた瞬間、声が聞こえたような気がした。

――遥香！　また会ったな！

思いがけない〝再会〟に、私は涙してしまう。

こんなに嬉しい日を迎えることができるなんて、夢にも思っていなかった。

たぶん、この世には永遠の別れなんて、ないのだろう。

いつか命が尽きても、またどこかで生まれ変わった人達と会っているのかもしれない。だから、別れの日があっても、深く悲しまないようにしなければ。

だって今日みたいに、大好きだった存在と再び出逢《であ》えるのだから。

◇◇◇

――この物語は、陰陽師であり企業戦士である永野遥香の奮闘物語である。
脅威となった怪異は姿を消し、浅草の町に平和が戻ってきた。
めでたし、めでたしである。……なんてね。

――本書のプロフィール――

本書は書き下ろしです。

小学館文庫

浅草《あさくさ》ばけもの甘味祓《かんみばら》い
～兼業陰陽師《けんぎょうおんみょうじ》だけれど、鬼上司《おにじょうし》と結婚《けっこん》します！～

著者　江本《えもと》マシメサ

二〇二三年六月十一日　初版第一刷発行

発行人　石川和男
発行所　株式会社　小学館
〒一〇一-八〇〇一
東京都千代田区一ッ橋二-三-一
電話　編集〇三-三二三〇-五六一六
　　　販売〇三-五二八一-三五五五
印刷所――――図書印刷株式会社

この文庫の詳しい内容はインターネットで24時間ご覧になれます。
小学館公式ホームページ　https://www.shogakukan.co.jp

ISBN978-4-09-407258-7